Mirror to remind me

나를 일깨워 줄 거울

Mirror to remind me

나를 일깨워 줄 거울

부자나라 에구치 가쓰히코 지음 * 김활란 옮김

🌸 머리말

- 출발점으로서의 명언

인생에는 괴로움과 기쁨, 그리고 슬픔도 있다. 그럴 때마다 우리는 여러 가지 일을 떠올리며 절망하기도 하고 자만에 빠지기도 한다. 그러한 행동이 그다지 바람직하지 못하다는 생각을 하면서도 자신도 모르게 그렇게 되어버리는 것이 인간사다. 그렇기 때문에 그러한 절망이나 자만으로부터 자신을 구하려면 먼저 자신을 훈계하는 선인들의 말을 귀담아들어야 한다.

말이 갖고 있는 힘은 대단하다. 한 권의 책을 읽고 전체적인 내용에 영향을 받기도 하지만 그 책 속에 쓰인 문장 하나로 인해 인생이 바뀌기도 한다. 또한 한 시간 동안 들은 이야기 중에서도 어떠한 한 마디의 말이 자신의 인생을 새롭게 열어주기도 한다. 다시 말해 말 한 마디가 인생을 좌우한다. 나의 경우, 마쓰시타 고노스케에게 들은 "경영자는 냉정한 판단력과 따뜻한 정을 함께 지녀야 한다."라는 말 한 마디가 내가 경영자로서 걸어가야

할 길을 열어 주었다.

단, 어떠한 말이든지 간에 그것은 단지 사고의 출발점일 뿐이지 목표지점은 아니란 사실을 기억하라. 당신이 역경에 부딪혔을 때 잠시 선인들의 말을 곰곰이 생각해본다면 반드시 그 해결의 실마리를 찾을 수 있을 것이다. 그러나 선인들의 말을 자신의 것으로 만들기 위해서는 그것을 출발점으로 삼고, 자신의 철학과 신념으로 역경에 맞서 승리해야 한다. 선인들의 명언에 그저 감동하고 긍정만 해서는 안 된다.

그러한 의미에서 이 책에는 여러분이 절망을 극복하고 자만심을 버릴 수 있는 출발점으로서 매우 적합한 선인들의 지혜와 명언이 실려 있다. 그 명언을 출발점으로 삼아 여러분이 자문자답하며 더 나은 인생을 향해 열심히 살아가길 소망한다.

에구치 가쓰히코(江口克彦)

🌿 차례

chapter 01

••• 꿈과 신념을 가져라

[원대한 꿈·대망] 대망이란, 사랑에 지지 않을 만큼 격렬한 욕망으로 좋은 미래를 내다보는 것이다

[욕망] 욕망이 강하다는 것은 자신에게 좋은 일이다

[성공] 성공할 때까지 계속 전진하지 못하고 도중에 포기하는 것 자체가 실패다

[실패] 실패하는 것이 싫어서 도망치는 자는 패배자다. 실패를 무릅쓰고 부딪치는 것이 중요하다

[기회·찬스] 기초가 탄탄한 사람에게는 반드시 기회가 온다

[위험·리스크(risk)] 우선 고려해야 할 사항을 비교 검토하라. 그리고 위험에 도전하라

[인내] 인내에 따라 장래의 성공은 달라진다. 오랫동안 인내할 수 없는 사람은 희망을 잃고 만다

[역경] 역경, 그것은 그 사람에게 주어진 숭고한 시련이며, 이러한 환경에 단련된 사람은 아주 강인해진다

[절망] 절망은 자신의 성공을 가로막고 마음의 평안까지도 흐트러뜨린다

[신념] 신념은 행동에 나타난 굳은 의지다

[희망] 인생이란 희망만 잃지 않으면 완전히 사라져버리는 것은 아니다

01

❦ 원대한 꿈 · 대망

대망이란, 사람에 지지 않을 만큼 격렬한 욕망으로 좋은 미래
를 내다보는 것이다.

_ 알랭(Alain. 프랑스의 철학자 · 평론가)

현대사회는 안정을 지향하는 성향이 강하다. 좋은 학교에 들
어가고 좋은 직장에 근무하며, 평범하지만 안정된 생활을 하는
것이 큰 꿈으로 탈바꿈해버렸다. 그러나 이렇게 되면 사회는 패

기가 없어지고 정체되어버리기 때문에 나라의 앞날이 우울하기만 하다.

　현재에 만족하지 말고 원대한 꿈을 품은 채 그 꿈을 이루기 위해 무한히 노력해야한다. 이것은 개인뿐만 아니라 조직 · 집단, 그리고 하나의 국가에도 해당되는 말이다. 원대한 꿈 · 대망이라는 말에 생명을 불어넣어야 한다.

　〈관련명언〉

　"인간을 위대하게 하거나 비참하게 만드는 것은 그 사람의 꿈에 달려있다."

　_쉴러(Johann Christoph Friedrich Von Schiller. 독일의 대표적 극작가)

　"성공이란 무엇인가? 그것은 원대한 꿈의 또 다른 이름이다."

　_에머슨(Ralph Waldo Emerson. 미국의 사상가 · 시인)

❀ 욕망

욕망이 강하다는 것은 자신에게 좋은 일이다.

_와쓰지 데쓰로(和什哲郎. 윤리학자)

이 말은 다음 말과 관련이 있다.

"그러나 욕망을 통일하는 의지가 없다면, 그것에는 단지 추함과 악함, 천박함이 있을 뿐이다."

욕망은 격렬한 에너지로 사람을 움직인다. 따라서 의지로 통일하고 제어하지 않으면 사람을 '추함과 악함, 천박함'으로 내몰고 만다. 이것은 매스미디어가 매일 전하는 뉴스를 봐도 명확하게 알 수 있다. 강한 욕망을 성공으로 이끌기 위해서는 자신을 위한 욕망을 선택하고 견제해야 한다.

〈관련명언〉

"방해가 크면 클수록 욕망은 커진다."

_라퐁텐(Jean de La Fontaine, 프랑스의 대표적인 우화작가)

"인간의 강한 습관과 기호를 바꿀 수 있는 것은 더욱 강한 욕망뿐이다."

_맨더빌(John Mandeville, 영국의 여행가)

🌼 성공

성공할 때까지 계속 전진하지 못하고 도중에 포기하는 것 자체가 실패다.

_마쓰시타 고노스케(松下幸之助, 마쓰시타전기산업 창업자)

사람은 제각기 성공하고 싶어 한다. 그러나 실제로 목표를 성취할 수 있는 사람은 그다지 많지 않다. 사람들 대부분이 성공의 문은 두드려보지도 못한 채 포기해버리는 이유가 무엇일까? 마쓰시타 고노스케는 그 이유를 한 마디로 알기 쉽게 정의했다. 경험을 토대로 한 이야기인 만큼 가슴에 와 닿는다.

그렇다면 왜 성공할 때까지 계속 전진하지 못하고 도중에 포기하고 마는 것일까? 바로 중요한 두 가지 요소가 결여되어 있기 때문이다.

첫 번째 요소는 '끈기'다. 끈기가 없으면 끝까지 전진하지 못하고 도중에 포기하고 만다. 결국 얼마나 참고 견뎌내며 초지일관할 수 있느냐가 관건이다. 목표를 정하고 한 번 시작한 일은 무슨 일이 있어도 끝까지 해내는 '끈기'가 있어야만 성과를 얻을 수 있다. 사람은 게으름이라는 유혹에 쉽게 빠지고, 고통이나 괴로움에도 쉽게 굴복하고 만다. 이러한 유혹을 이겨내지 못한다면 결국 도중에 포기할 수밖에 없다.

두 번째 요소는 '적절한 방법'이다. 아무리 '끈기'가 있다고 해도 목표에 도달하는 방법이 적절하지 못하다면 꿈을 실현할 수 없다. 이 두 가지 요소를 자신의 것으로 만들고 마지막까지 최선을 다하는 습관을 지녔을 때, 마침내 원하는 꿈이 현실로 이루어질 것이다. 또한 마쓰시타 고노스케는 "세상에 성공한 이는 많다. 일에 따라 성공의 내용은 다양하겠지만, 가장 중요한 것은 인간으로서의 성공이다"라고 말했다.

마쓰시타가 말하는 인간으로서의 성공이란 자신의 천성을 충분히 살려서 살아가는 것을 말한다. 사람은 천성에 따라 삶을 영위할 때, 비로소 진실한 행복을 맛볼 수 있다고 생각한 것이다.

〈관련명언〉

"한번에 성공할 수 없다면 다시 한 번 도전하라!"

_드러커(Peter Ferdinand Drucker. 미국의 경영학자)

"나의 현재가 성공이라면, 나의 과거는 모든 실패가 밑거름이 된 것이다."

_혼다 소이치로(本田宗一郞. 혼다기연공업 창업자)

"생활향상에 도움이 되고, 사람들에게 행복을 주는 제품을 만드는 것이 성공의 기본이다."

_이시바시 마사지로(石橋正二郞. 브릿지스톤 창업자)

❧ 실패

실패하는 것이 싫어서 도망치는 자는 패배자다. 실패를 무릅쓰고 부딪치는 것이 중요하다.

_기타지마 오리에 (北島織衞. 전 대일본인쇄회장)

인생에 있어서 실패는 있기 마련이다. 실패하지 않고 인생을 산다는 것은 불가능한 일이다. 일도 생활도 실패의 연속이다. 그런데 위에 쓰인 말처럼 실패로부터 도망치면 패배자가 되고 만다. 실패에 굴하지 않고 맞서 싸우는 것이 중요하다.

그렇다고 해서 처음부터 실패를 예상하고 일을 추진하는 것은 어리석은 짓이다. 실패를 전제로 하는 것과 실패에 굴하지 않고 맞서 싸우는 것은 전혀 다르다. 즉, 전력투구하여 끈기 있게 도전하는 자세가 중요하다는 것이다. 또한 그러한 마음가짐에서 만전을 기하는 준비성과 확신을 갖고 일에 매진하는 기백이 생겨난다.

실패를 예상하고 시작한 일이 잘못되었을 때 받는 타격이 적은 만큼 배울 수 있는 교훈도 그다지 크지 않다. 실패의 원인을 진지하게 알아내고 분석하여 다음 계획에 반영하려는 의지도 없이 끝나기 마련이다. 말하자면 철저한 준비나 계획이 없는 도박을 하는 것과도 같다.

이와 반대로 성공을 확신하고 도전의식을 불태우며 일하는 경우는 어떨까? 남들에게는 실패한 듯 보여도 본인은 좀처럼 단념하지 않은 채 끝까지 노력한다. 그 결과 열매를 맺기도 하지만, 실패하여 지쳐 쓰러질 수도 있다.

후자의 경우, 즉 자신이 갖고 있는 모든 것을 걸고 도전하여 최선을 다했는데도 실패했을 때는 타격도 괴로움도 크다. 때로는 재기불능의 상태가 되어버리는 경우도 있다. 그러나 그러한 실패를 통해 큰 교훈을 얻는 법이다. 그렇게 해야 만이 더욱 정확한 판단력과 강한 신념으로 결코 실패에 굴하지 않고 재기하여 다음 목표를 향해 달려갈 수 있으리라.

한편 실패를, 성공을 향한 첫걸음이라고 생각하고 수많은 시행착오를 거치는 것도 좋은 방법이다. 그러면 결국은 성공을 향해 더욱 빨리 전진할 수 있다. 이는 극히 현실적인 방법이자, 실패가 가져다주는 교훈을 배울 수 있는 방법 중 하나이다.

〈관련명언〉

"실패에 달인은 없다. 누구나 실패하기 전에는 보통사람에 불과하다."

_이치조(Pushkin, Aleksandr Sergeevich. 러시아의 국민적 시인)

"실수를 전혀 하지 않는 사람은 아무것도 하지 않은 사람뿐이다."

_롤랑(Romain Rolland. 프랑스의 소설가 · 극작가 · 비평가)

"쓰러지면 일어나야 한다. 아기도 쓰러지면 금방 다시 일어나려고 한다."

_마쓰시타 고노스

🌸 기회 · 찬스

기초가 탄탄한 사람에게는 반드시 기회가 온다.

_미무라 요헤이(三村庸平. 미쓰비시상사 상담역)

기회를 찾거나 붙잡는 일은 결코 쉽지 않다. 또한 만들기도 어렵고 주어진 기회를 활용하는 것도 힘들다. 더구나 같은 기회는 두 번 다시 오지 않는다. 그만큼 기회란 소중한 것이다.

사회생활을 하면서, 또는 일상생활에서 좋은 기회를 붙잡는 것은 무척 행복한 일이다. 여러분 누구나 경험을 통해 좋은 기회를 잘 포착하고 활용할 수 있다.

예를 들어 일을 할 때는 좋은 기회가 해결하기 힘든 어려운 문제로 나타나기도 하고, 피할 수 없는 형태로 강하게 다가오기도 한다. 그것이 절호의 기회임을 깨닫기까지는 상당한 시행착오를 거쳐야 한다. 그런데 기회란 그것을 잡을 만한 가치가 있는 사람에게 찾아온다. 경험을 쌓고 능력을 향상시키면 잡을 수 있는 기회가 많아진다는 사실을 기억하라. 그리고 그 기회의 크기 또한 상당하다.

일반적으로 이미 해본 적이 있는 분야, 상품 · 서비스가 이익을 산출할 기회를 제공하는 경우가 많다. 이미 경험이 있는 비즈니스에 끈기 있게 도전하며 기회를 노리는 것도 현실적인 방법이다. 자꾸 새로운 상품·서비스를 개발하기보다 기존에 개발한 상품에 새로운 아이디어를 첨가하여 전혀 다른 상품을 만들어냄으로써 히트를 시킨 예도 많다.

한편, 기회가 오기를 기다리거나 찾기만 할 것이 아니라 스스로 만들어내는 적극적인 자세도 중요하다. 실제로 그러한 마음가짐만 있다면 충분히 만들어낼 수 있다. 미무라 요헤이(三村庸平)가 그 방법에 관해 지적하고 있다. 다시 말해 역시 기초를 탄탄하게 다져야 한다는 것이다. 이를 목표로 노력하다 보면 기회란 찾아오기 마련이고, 그로 인해 그 다음 목표에도 도전할 수 있다.

〈관련명언〉

"물고기는 내가 오라고해서 오는 것이 아니라 올 때가 되었을 때 스스로 찾아온다. 그러므로 물고기를 잡으려면 평소에 튼튼한 그물을 준비해두어야 한다. 인생도 마찬가지다."

_이와사키 야타로(岩崎彌太郎. 미쓰비시재벌 창립자)

"기회가 없다면 뛰어난 능력도 허사다."

_나폴레옹(Napolon Bonaparte. 프랑스의 군인·황제)

"때를 얻는 자는 번창하고 때를 잃어버리는 자는 멸망한다."

_『列子』, (중국의 사상가 '열자'의 저서)

❦ 위험 · 리스크(risk)

우선 고려해야 할 사항을 비교 검토하라. 그리고 위험에 도전
하라.

_ 헬무트 몰트케(Moltke, Helmuth Joann Ludwig von. 독일 군인)

위험에 도전함으로써 사람도 성장하고 기업도 발전한다. 스스
로 위험을 무릅쓰고 어떤 목표를 성취하기 위해 노력하고, 필사
적으로 대처함으로써 비약을 위한 귀중한 계기를 마련할 수 있
다. 위험에 도전하여 맞서 싸우는 사람과 조직은 희망과 기대,
용기와 신념으로 목표를 향한 기백을 가지고 있다. 그것뿐만이
아니다. 지금까지 축적한 지식, 정보, 기술, 지혜, 도구, 설비를
총동원하여 위험을 돌파시킬 수 있다. 그리하여 평소에는 생각
지도 못했던 성공의 기회를 잡을 수 있다.

현재의 상태를 유지하기 위해 위험을 피한다고 해서 정말 안
전하다고 할 수 있을까? 위험을 피한다는 것이 때로는 거꾸로
위험이 되기도 한다. 운이 나쁘면 최대의 위험에 직면하는 결과
를 초래하기도 한다.

오늘날과 같은 급속한 변화 속에서, 더구나 불안정한 요소가
복잡하게 얽혀있는 시대에서는 더욱 그렇다. 자신은 위험을 피
해 안전하게 대처했다고 생각했는데 실제로는 현상태마저 유지

되지 않고 서서히 추락하고 있는 것이 현실이다. 더구나 언제 변화의 거친 파도 속에 휩쓸려서 나락으로 떨어질지 알 수도 없는 상황이다. 도전의욕이 없고 수동적인 자세라면 그만큼 위험성이 크다.

몰드케가 말했듯이 위험은 준비한 상태에서 맞이해야 위험률이 적다. 그렇다고 상대도 보지 않고 위험에 돌진하는 것은 아니다. 준비에 만전을 기했을 때 비로소 위험은 기회가 되고, 큰 대가도 가져다준다.

몰트케는 독일군의 참모총장으로 전쟁에 참가하여 그의 주장대로 최선을 다해 싸웠다. 결국 오스트리아군과 프랑스군을 섬멸하고 독일제국의 통일을 이루는 데 성공했다.

〈관련명언〉

"리스크(risk)라는 말은 어원적으로는 '오늘의 양식을 벌어들인다' 라는 의미의 아랍어다. 경영자에게 '위험을 무릅쓴다' 와 '오늘의 양식을 벌어들인다' 라는 말은 같은 의미다"

_드러커

"고생에는 나름대로의 기쁨이 있다. 위험에도 역시 나름대로의 매력이 있다."

_볼테르(Voltaire. 프랑스의 사상가 · 계몽주의자)

"행동프로그램에는 위험이나 비용이 따른다. 그러나 장기적인 활동을 하지 않을 때 따르는 위험과 비용에 비교하면 훨씬 적다."

_케네디(Kennedy, John Fitzgerald. 미국의 제35대 대통령)

🌸 인내

인내에 따라 장래의 성공은 달라진다. 오랫동안 인내할 수 없는 사람은 희망을 잃고 만다.

_러스킨(John Ruskin. 영국의 비평가)

어떤 길을 가더라도 세상 사람들에게 인정받으려면 인내가 필요하다. 인내는 성공의 공통분모이자 씨앗이다.

남들이 더 이상 참지 못하고 포기할 때에도 결코 포기하지 않고 모든 역경을 묵묵히 견뎌내며 오랜 시간 노력하는 사람만이 자신이 원하는 것을 손에 넣을 수 있다. 성공하는 사람은 인내해야 할 때가 언제인가를 귀중한 체험을 통해 터득한다. "지금은 노력해야 할 때야", "지금은 참아내야 할 때야"라는 인내의 핵심을 터득하는 것이다. 어떤 일을 하더라도 핵심이 있기 마련이다. 인내가 중요하다고 해서 무작정 참는다고 만사가 해결되는 것은 아니다. 비결을 터득하고 핵심을 찾아 인내함으로써 결국은 큰일을 완수해낼 수 있다.

인내에는 목표, 결의, 용기, 신념, 투지, 이 다섯 가지 요소가 필요하다. 이 요소가 인내의 눈과 에너지 자원이 되어 참아야할 때와 장소를 제대로 파악할 수 있게 하여, 마침내 목표를 이루게 한다.

인내를 단순히 참을성으로만 생각한다면 끈기와 의지는 약해지고 말 것이다. 인내를 성공의 기술, 정신적 도구, 자본, 그리고 지혜로서 재인식할 필요가 있다. 장기간에 걸쳐 더욱 합리적으로 기능하도록 만들어야 한다.

오늘날 우리의 생활에서 꼭 필요한 상품·서비스도 결국은 인내의 결정체라 할 수 있다. 세상사람들에게 인정받을 때까지 수많은 사람들이 부단히 노력한 결과인 것이다. 우리가 유용하게 이용하고 가치가 높은 것일수록 많은 인내가 필요했다는 사실을 기억해야 한다.

〈관련명언〉

"어떤 어려움에 부딪혔을 때, 함부로 도움을 받아서는 안 된다. 도움을 받으면 단순히 곤경에서 벗어날 수는 있다. 인내와 성찰을 갖고 노력한다면 역경과 맞서 싸울 수 있을 것이다."

_파브르(Jean Henri Fabre. 프랑스의 곤충학자)

"참을 수 없는 일을 참아냈을 때는 그 일을 생각할 때마다 유쾌해진다."

_세네카(Lucius Annaeus Seneca. 로마의 철학자)

"한고조(高祖. 유방)가 이기고, 항적(項籍. 항우)이 패한 이유는 인내에 있다."

_소동파(蘇東坡. 중국 북송 때의 시인)

🌸 역경

역경, 그것은 그 사람에게 주어진 숭고한 시련이며, 이러한 환경에 단련된 사람은 아주 강인해진다.

_마쓰시타 고노스케

이 말은 다음 문장으로 이어진다.

"위대한 사람은 불굴의 정신으로 역경에 맞서 싸운 경험이 수없이 많다. 진실로 역경은 존엄하다."

스스로 역경을 원하는 사람은 없다. 누구나 순탄하고 평안하게 살고 싶어 하기 마련이다.

그러나 역경은 찾아온다. 인생에는 역경과 순탄함이 번갈아 찾아온다. 마냥 순탄하기만 한 인생이란 있을 수 없다. 세계에서 두각을 나타내는 사람은 역경과 싸워 이긴 사람이다. 다시 말해 고난과 역경을 이겨내고 성공한 사람이다.

역경이 클수록 사람은 크게 성장한다. 왜냐하면 역경이 클수록 교훈과 기회를 많이 내포하고 있기 때문이다. 그러나 이처럼 힘든 역경이 주는 '선물'을 받으려면 인내력과 용기가 필요하다. 너무 엄청난 역경에 짓눌려 더 이상 도전할 의지까지 사라진다면 그 역경은 불행으로 끝나고 말기 때문이다.

역경은 사람이 자신의 잠재능력과 가능성을 발견하고 자각할 수 있는 절호의 기회다. 이러한 인식이 있다면 더 이상 역경을 두려워하고 도망치려고 하지 않을 것이다. 비즈니스 세계에서 성공한 사람들은 역경을 참고 그것을 활용할 수 있는 사람들이다. 고난 속에 잠재된 성장과 성공의 씨앗을 키워갈 수 있는 사람만이 그것을 아름답게 꽃 피울 수 있다.

앞에서 마쓰시타 고노스케가 한 말은 다음 말로 이어진다.

"그렇지만 역경을 지나치게 의식한 나머지 이에 사로잡혀서 역경이 아니면 인간이 완성되지 않는다고 생각하는 것은 일종의 편견이 아닐까?"

이 또한 마음속에 새겨둬야 할 말이다.

〈관련명언〉

"어떠한 교육도 역경보다 못하다."

_벤자민 디즈렐리(Benjamin Disraeli. 영국의 정치가 · 작가)

"아침을 행복, 밤을 불행이라고 한다면, 명암과 순탄함, 역경의 환경이 인생이다. 이러한 인생에서 사는 보람과 행복도 빛을 발한다. 고난을 행복의 전주곡이라고 생각한다면 고통도 참을 수 있을 것이다."

_고시 고헤이(鄕司浩平. 전 일본생산성본부 회장)

"안심입명(安心立命)이란 역경에 흔들리지 않는 것을 말한다. 이루었다고 기뻐하지 말고, 힘들다고 슬퍼하지도 마라."

_오마치 게이케쓰(大町桂月. 문학가·평론가)

❀ 절망

절망은 자신의 성공을 가로막고 마음의 평안까지도 흐트러뜨린다.

_노구치 히데요(野口英世. 세균학자·의학자)

절망에 빠져 일을 포기할 것인가, 아니면 절망에 도전하여 이 위기를 잘 극복해 다시 시작할 것인가? 적절히 배분한다는 말이 있다. 절망 역시 하늘이 준 것이다. 사람이 크게 성장하고 비약할 수 있도록 하늘이 내려준 시련이다. 절망의 시련과 성공의 환희도 적절히 배분하여 주어진다. 그렇게 생각하면 "이젠 더 이상 안 되겠어"라는 말은 도저히 할 수 없다. "반드시 해내고 말

거야"라고 이를 악물고 버텨내야 한다. 절망에 빠졌다면 하늘이 절망 저 편에 행운과 기쁨을 준비해뒀으리라 믿고서 용기와 의지, 그리고 지혜로 꿋꿋하게 이겨내라.

〈관련명언〉

"인간은 희망과 절망에 따라 위험에 도전한다."

_아우구스티누스(Augustinus, Aurelius. 초대 그리스도교 교회가 낳은 위대한 철학자·

사상가·성인(聖人))

"지금이 최악이라고 말할 수 있을 때는 아직 최악이 아니다."

_셰익스피어(Shakespeare, William. 영국의 시인·극작가)

⚜ 신념

신념은 행동에 나타난 굳은 의지다.

_호일러(Hoiler. 미국의 판매 지도자)

신념을 바탕으로 적극적으로 생각하여 자신의 목표와 계획을 실현하기 위해서는 끊임없이 믿는 것이 중요하다. 그리고 역경에 마음이 흔들릴 때마다 가슴에 새겨둔 신념과 이야기해보자. 만약 그 신념이 진실한 것이라면 반드시 나약해진 정신에 용기와 힘을 불어넣어줄 것이다.

　신념은 가장 강인한 사고 유형일 뿐만 아니라 최강의 행동유형을 만들어낸다. 그것은 행동에 굳은 의지로 나타나기 때문이다. 호일러가 세일즈맨으로서 성공할 수 있었던 것은 신념을 키우고 그것에 따라 생각하고 행동했기 때문이다.

〈관련명언〉

　"신념은 장년과 노년의 가슴에 서서히 자라나는 식물이다. 청춘은 망신의 계절이다."

_ 피트(William Pitt. 영국의 정치가)

　"굳은 신념을 가진 사람은 불경기일 때 돈을 더 많이 번다."

_ 마쓰시타 고노스케

🌸 희망

　인생이란 희망만 잃지 않으면 완전히 사라져버리는 것은 아니다.

_ 이치무라 기요시(市村 淸. 리코 · 상아이그룹창시자)

　만일 모든 희망을 빼앗겼다면 더 이상 살아갈 의욕을 잃어버리고 말 것이다. 장래에 대한 희망이 있어야만 용기와 투지가 생기고 새로운 힘이 솟아난다.

희망은 역경을 순탄함으로, 불행을 행복으로 바꾸는 '별'이 된다. 희망을 품고 말함으로써 목표하는 곳을 향해 앞으로 나아갈 수 있으며, 실패해도 포기하지 않는다.

〈관련명언〉

"희망과 기력과 용기를 주는 것은 돈보다 훨씬 가치가 크다."

_ラポック 라폭(영국의 은행가 · 고고학자)

"희망은 사람을 성공으로 이끄는 신앙이다. 희망이 없으면 성공할 수 없다."

_헬렌 켈러(미국의 교육가 · 사회사업가)

chapter 02

••• 재능과 실력을 연마하라

[재능·능력] 자신의 처지에 어울리는 재능과 인격을 갖추어야만 한다.–후쿠자와 유키치

[지식] 지식은 힘이다–베이컨

[정보] 흩어진 정보를 하나로 모아보면 거대한 의미를 가진다.–콜비

[지혜] 지혜는 지식보다 뛰어나다.–파스칼

[상식] 상식은 내가 아는 최선의 사고분별력이다. –체스터필드

[프로페셔널] 프로가 되려면 지속적인 노력이 필요하다.–오키야 세이조

[경험·체험] 인간이 현명해지는 것은 경험에 대처하는 능력 때문이다.–버나드 쇼

[창조력] 창조하는 노력을 게을리 한다면 사업은 존속할 수 없다.–카시오 타다오

[상상력] 상상력은 지식보다도 중요하다.–아인슈타인

[감·직감] 무슨 일에 있어서든지 감이 좋아야 한다.–마쓰시타 고노스케

[모방] 모방하는 능력이 있다면 발명하는 능력도 있는 것이다. –마쓰다 다카시

[발명·발견] 발명과 발견, 창의성 연구의 세계는 어디까지나 무궁무진하다.–도요다 사키치

[학문] 알고 난 후에 배우는 일이야말로 중요하다.–존 우든

⋮

02

❀ 재능 · 능력

자신의 처지에 어울리는 재능과 인격을 갖추어야만 한다.

_후쿠자와 유키치(福澤諭吉. 교육가 · 사상가)

사람은 각기 고유의 재능과 무한한 능력을 갖고 있다. 자신의 재능과 능력에 눈을 뜨면서 어떻게 하면 100퍼센트 활용할 수 있는지 부단한 노력을 한다. 그러한 노력을 통해 재능과 능력을 활용하는 기쁨과 행복을 느낀다.

후쿠자와 유키치의 어록에 있는 '처지' 라는 말을 현재 자신의 처지와 비교해 보라. 그것이 과연 자신의 재능과 능력에 맞는 일인지, 그리고 그것을 충분히 활용하고 있는지는 중요한 의미를 갖는다. 자신의 처지가 자신의 재능과 능력을 충분히 활용하여 무언가를 구축해나가는 것이라면, 사람은 현재 자신에게 가장 적합한 처지에서 자신감을 가질 수 있고, 그 방면에서 대성할 가능성도 높다. 그러나 누구나 그러한 행복한 처지에서 직업과 지위에 어울리는 행동을 즐길 수 있는 것은 아니다. 왜냐하면 자신이 누구이며 어떠한 재능과 능력을 갖고 있는지 좀처럼 알기 힘들기 때문이다. 그럴 때는 후쿠자와 유키치의 어록처럼 각자 노력하여 현재의 처지에 어울리는 재능·능력을 만들어가야 한다.

재능이나 능력은 처음부터 갖고 태어난 소질만으로 결정되는 것은 아니다. 후천적이고 반복적인 노력으로 연마할 수 있다.

선천적, 후천적인 재능과 능력에 상관없이 고난과 역경의 상황에서도 자신이 가진 재능과 능력을 죽을힘을 다해 쏟아 부을 때 진정한 재능과 능력이 만들어진다. 이 점에 주의해서 일을 처리하면 회사에도 공헌할 수 있고 스스로 크게 성장할 수 있다.

〈관련명언〉

"인간의 능력에 커다란 차이는 없다. 있다면 그것은 근성의 차이다."

"재능이란 자기 자신의 힘을 믿는 것이다."

_고리키(Maksim Gor′kii. 러시아의 작가)

"재능이 아닌 배려로 승진시키면 회사에도 마이너스, 본인도 불행해질 수 있다."

_마쓰시타 고노스케

✿ 지식

지식은 힘이다

_베이컨(Bacon, Francis. 영국의 철학자 · 정치가)

일을 성공시키려면 많은 지식이 필요하다. 자신이 좋아하는 분야의 지식은 한없이 흡수할 수 있고 이것은 다시 타인에게 제공할 수도 있다.

다만 아무리 지식이 많다고 하더라도 그것만으로는 힘이 되지 않는다. 지식은 실제로 어떤 문제나 과제에 활용할 때 비로소 힘을 얻는다. 어떻게 하면 지식을 실생활에서 응용하고 활용할 수 있을까? 답은 한 가지다. 지식을 배울 때 단순하게 암기만 하지 말고 나름대로 사고력을 동원하여 이해하고, 감각적으로 흡수하는 습관이 몸에 배어야 한다. 특히 체험을 통해 얻은 지식은 단순한 지식이 아니므로 실전에서 큰 힘을 발휘한다. 그리고 터득한 지식은 일상의 비즈니스 세계에서 전략으로 삼는다.

우선 직면한 문제나 과제에 응용할 지식을 동원하여 해결을 위한 기본 골격을 만든다. 다음으로 그 골격에 필요한 여러 가지 다양한 정보를 투입하고, 신선하고 창조적인 아이디어가 생길 때마다 항상 메모하는 습관을 가진다.

정보화시대에 사는 우리는 정보가 갖는 기능과 가치에 후한 점수를 준다. 지식은 현실의 요구 앞에서는 귀중한 정보로 탈바꿈한다. 지식에 힘을 불어넣어 정보로서 중요한 역할을 할 수 있을지는, 그 지식을 사용하는 사람의 역량에 달려있다. 문제나 과제를 해결하기 위한 판단력과 행동력은 정보 외에 지식을 어느 정도 유효하게 활용하는가에 따라 차이가 생긴다. 정보와 지식의 연대·통합, 그리고 그 수준이 역량을 결정짓는다.

지식은 실제로 사용해야만 힘을 발휘하고 가치를 생산해낸다. 지식의 암기는 이제 그만두고 비즈니스와 인생과의 관계, 사용방법을 생각하고, 효과적으로 배워서 활용하도록 노력하자.

〈관련명언〉

"지식은 책 안에 있을 때는 아무런 도움이 되지 않는다. 책에는 단지 정보가 실려있을 뿐이다. 지식은 특정한 일을 달성하는 데 응용하는 능력이다. 그것은 인간의 두뇌와 기술에서만 나타난다."

_드러커

"사실과 먼 지식이란 있을 수 없다."

_사카니시 시호(坂西志保. 평론가)

"나는 '해변의 모래는 촉감이 좋다' 라는 문장을 읽는 것만으로는 결코 만족하지 않는다. 자신의 맨발로 직접 느껴보고 싶다. 감각을 통해 얻은 지식이 아니면 그 어떠한 지식도 내게는 도움이 되지 않는다."

_지드(Andr-Paul-Guillaume Gide. 프랑스의 작가)

❧ 정보

흩어진 정보를 하나로 모아보면 거대한 의미를 가진다.

_콜비(Colby, William Egan. 미국의 전CIA장관)

오늘날 정보는 사람, 물건, 돈 다음의 제4의 경영자원으로서 그 중요성을 더해가고 있다.

정보를 다스리는 자가 비즈니스에도 성공한다고 한다. 이는 정보를 다스리는 방법을 정확히 꿰뚫어 본 콜비의 말이다. 미국의 첩보기관의 최고지위, 전CIA장관이라는 자리에 앉았던 인물의 어록이라는 점을 생각해보면 아주 강하게 와 닿는 말이다.

우리는 정보화에 가속도가 붙고 각종 정보가 어지럽게 범람하는 정보의 홍수 속에 있다. 그러므로 '조금씩 흩어져 있는' 정보를 얼마나 다각적이고 신속하게 자신의 손에 넣느냐가 매우 중요하다.

우선 자신의 일에 필요한 정보가 어디에 어떤 형태로 흩어져 있는지를 파악해야 한다. 그러려면 먼저 이 정보는 어느 모체에서 알 수 있고, 어느 정보원에게 부딪쳐보면 된다고 하는 수집 방법을 배워야 한다. 그 다음으로 이러한 정보를 얼마나 한곳에 집중시켜 의미를 파악하느냐 하는, 정보의 정리와 활용이 문제가 된다. 이 방법으로는 CIA적인 방법을 사용하면 좋다. CIA에서는 폭넓게 조금씩 수집한 여러 가지 정보를 활용목적에 따라 선택하여, 자신의 문제해결에 활용도가 높은 정보를 구별한다. 그리고 수많은 정보 속에서 꼭 필요한 지식만을 정확하게 선택한다. 비즈니스맨의 정보활동에서도 이런 방법의 지식화가 일의 해결에 도움이 된다는 것을 명심해야 한다.

〈관련명언〉

"유익한 정보를 얻고 싶다면 자신이 먼저 상대에게 정보를 주어라."

_노무라 류타로(能村龍太郎. 다이요공업회장)

"정보는 자신이 수집해야 한다. 나 역시 내 나름대로 비공식적인 정보망 만들기에 힘을 쏟고 있다."

_야마시타 도시히코(山下俊彦. 전 마쓰시타전기산업사장)

"상인은 매일 시장에 나가서 모든 상황을 살펴보아야 한다. 이발소에 가더라도 세상사람들의 이야기에 귀를 기울이고, 이익이 발생하는 일이라면 비바람이 몰아치는 밤이라도 달려가서 장사를 해야 한다."

_『家職要道』(장사의 고전)

❀ 지혜

지혜는 지식보다 뛰어나다.

_파스칼(Pascal, Blaise. 프랑스의 수학자 · 물리학자 · 철학자 · 종교사상가)

지식은 남의 이야기나 잡지, 책 등에서 쉽게 얻을 수 있다. 그러나 지혜는 그렇지 않다. 자신이 일하는 현장에서 일어나는 문제나 과제를 해결하고 개선하기 위해 노력하는 경험을 통해서만 지혜를 얻을 수 있다.

지식은 체계적으로 정리되어 있으므로 누구나 같은 조건에서 배우고, 문제 해결에도 도움을 받을 수 있다. 그러나 그 상태 그대로는 일에 응용할 수 없다. 경험을 통해 성격, 자질, 재능이 서로 작용하여 지혜로서 다시 태어날 때 이를 제대로 처리할 수 있고, 새로운 아이디어도 창출해낼 수 있는 것이다.

지식은 가르치고 배울 수도 있지만 지혜는 가르칠 수도, 배울 수도 없다. 스스로 깨닫는 것 말고는 방법이 없다. 파스칼의 "지혜는 지식보다 뛰어나다"라는 말처럼 지혜에는 그만큼의 가치가 있다. 오늘날 정보화가 급속도로 발전하면서 지식은 다채로운 미디어 속에서 홍수처럼 넘쳐나고 있다. 이렇듯 지식만 파고드는 경향이 강해지면서 정작 지혜가 부족한 비즈니스맨이 많아진 느낌이다.

많은 지식을 그저 단순하게 쌓아두는 일이라면 컴퓨터가 얼마든지 그 일을 대신할 수 있다. 지혜를 개발하고 업무에서 활용할 수 있을 때 비로소 창조적이고 융통성 있게 일을 해낼 수 있다. 앞으로는 지식을 배우는 이상으로 지혜를 짜내는 노력을 해야 한다. 그래야만 어떠한 상황이나 사태에 직면하더라도 임기응변에 능할 수 있고, 정확하고 빠른 행동을 취할 수 있다.

지식만 있는 비즈니스맨은 정해진 틀에 따라 일을 처리한다. 그러다 보니 아무래도 일의 처리가 더딜 수밖에 없다. 하루에 한 가지라도 좋다. 무언가 지혜를 짜내는 노력을 해보자. 지혜는 그대로 힘이 되고, 그 힘은 갈고 닦을수록 더욱 깊어진다.

지식지향의 일 처리로는 정해진 성과밖에 기대할 수 없다. 지혜

지향으로 바꾸어 보라. 그러면 예상외의 성과를 얻게 될 것이다.

〈관련명언〉

"역시 어렵고 힘이 들 때 지혜가 나온다."

_혼다 소이치로

"지혜는 경험의 딸이다."

_다빈치(Leonardo da Vinci. 르네상스 시대의 이탈리아를 대표하는 천재적 미술가 · 과학자 · 기술자 · 사상가)

"지식을 쌓음과 동시에 그것을 활용하는 지혜를 한층 더 연마하라."

_마쓰시타 고노스케

❦ 상식

상식은 내가 아는 최선의 사고분별력이다.

_체스터필드(Chesterfield. 영국의 정치가)

상식이라는 말만큼 애매모호한 말도 드물다. 어떤 사람에게는 상식적인 것이라도 다른 사람에게는 상식이 아닌 경우도 있기 때문이다.

상식은 '건전한 사람이라면 누구나 공통으로 갖고 있는 일반적 지식'이라고 생각하기 쉽다. 그러나 상식이라는 말을 영어로 해석할 때 쓰이는 컴먼 센스(common sense)의 본래의 의미는, '건전한 사람이라면 누구나 공통으로 갖고 있는 사고분별력'으로, 다분히 윤리적인 요소를 포함하고 있다.

상식을 '지식'으로 생각하기 시작하면서 취직시험은 상식테스트로 대표되고 있다. 그리고 이러한 경향은 기본적 지식을 가진 사람을 마치 상식이 풍부한 사람으로 보려는 폐해를 가져왔다. 상식을 견식(見識), 즉 사물을 올바르게 판단할 수 있는 능력으로 인식할 수 있었다면 컴먼 센스(common sense)는 '견식분별력'이나 '사고분별력'으로 해석되었을 것이다. 또한 오늘날의 풍조에서 볼 수 있는 무조건적인 지식의 암기로 인해 사고분별력이 부족해지지는 않았을 것이다. 역시 체스터필드의 말처럼 상식, 즉 컴먼 센스(common sense)는 '최선의 분별력'이어야 한다.

중요한 것은 지나친 지식편중에 빠져있는 상태로는 아무리 단순한 지식정도의 상식을 쌓는다 해도 성공할 수 없다는 점이다. '최선의 분별력'의 상식이 있어야만 일을 성공시킬 수 있고, 또한 비즈니스사회에서도 그러한 분별력과 판단력으로 성공할 수 있다.

<관련명언>

"상식은 교육을 해도 부족하다. 즉 상식은 교육의 결과다."

_위고(Hugo, Victor-Marie. 프랑스의 낭만파 시인 · 소설가 · 극작가)

"모든 계급을 통해 승인되어 공통으로 사용할 수 있는 각자의 양심을 상식이라고 한다."

_루소(Rousseau, Jean-Jacques. 프랑스의 사상가 · 소설가)

"상식은 많은 진리를 포함하고 있다."

_마쓰시타 고노스케

"상식은 과거의 무수한 비상식의 시련을 거쳐서 그 결론으로서 완성된 것이다. 비상식은 하루에 생겨나지만 생활상의 상식은 백 년, 천년을 거쳐 겨우 형성된다."

_이시카와 다쓰조(石川達三. 작가)

⚜ 프로페셔널

프로가 되려면 지속적인 노력이 필요하다.

_오기야 세이조(扇谷正造. 평론가)

프로와 아마추어의 차이는 무엇일까? 바로 부주의와 실수에 있다. 아마추어라면 부주의나 실수를 해도 용서하지만 프로에게는 절대로 용납이 안 된다. 또한 아마추어는 그것이 용서되었을 때 기뻐하지만 프로는 결코 기뻐하지 않는다.

비즈니스맨은 비즈니스의 프로다. 일시적으로 부주의나 실수를 저질러도 최종적으로는 완벽하게 일을 마무리 짓는 것을 자신의 규칙으로 삼고, 그것을 지킬 수 있는 실력과 역량을 갖추고 있어야 한다. 그래서 지속적인 노력이 요구된다.

〈관련명언〉

"콤플렉스와의 싸움에서 이기는 자가 프로다."

_노무라 가쓰야(野村克也. 야쿠르트 스왈로즈 감독)

"자신의 처지를 철저하게 공부하여 프로가 되는 것이 중요하다."

_야시로 토시쿠니(八尋俊邦. 전 미쓰이물산 회장)

🌼 경험 · 체험

인간이 현명해지는 것은 경험에 대처하는 능력 때문이다.

_버나드 쇼(Shaw, George Bernard. 영국의 극작가 · 소설가 · 비평가)

경험이나 체험에서 중요한 것은 첫째, 어떠한 종류의 경험을 했는가하는 것이 아니라, 자신에게 일어난 일에 대해 스스로 어떻게 느끼고 무엇을 배우는가하는 것이다.

둘째, 그것을 활용하는 방법이다. 귀중한 경험이나 체험을 새로운 다른 분야에 적용하여 혁신적인 성과를 이룰 수 있도록 하는 것이다. 이 두 가지를 명심한다면 무슨 일을 하든지 발전할 수 있다.

〈관련명언〉

"경험은 실수라는 희생을 지불하면서 천천히 가르쳐 준다."

_ フルード 플루드(영국의 역사학자)

"오늘의 경험을 미래에 살리지 못하는 자는 성공을 거둘 수 없다."

_ 오쿠라 기하치로(大倉喜八郎. 오쿠라재벌 창시자)

❦ 창조력

창조하는 능력을 게을리 한다면 사업은 존속할 수 없다.

_ 가시오 다다오(堅尾忠雄. 카시오계산기 창업자)

창조력에는 개인적인 창조력과 집단적인 창조력이 있다. 현대는 개인적인 창조력뿐만 아니라 집단적인 창조력도 필요로 한다. 비즈니스전쟁이 격화되면서 조직적으로 사원의 창조력을 높이고, 결합·통합시켜야 할 필요성이 높아졌기 때문이다.

이는 새로운 상품·서비스의 수명이 짧아진데다가 소비자의 기호도 다양화되어서, 여러 품종의 상품을 소량으로 개발하여 소비자들의 수요를 이끌어내야 하기 때문이다. 결국 창조적이고 체계적인 개발의 필요성이 다급해졌다는 뜻이기도 하다.

그러나 집단적인 창조력을 높이려면, 개인적인 창조력개발이 우선되어야 한다. 따라서 자신의 창조력이 가장 시급하다.

그렇다면 어떻게 해야 할까? 가장 먼저 문제가 무엇인지 분명히 자각해야 한다. 이것이 창조력의 원점이 된다. 여기서 출발하여 창조력의 연구를 위해 에너지를 모으고 신경을 집중시킨다. 더불어 끈기를 갖고 해결을 위한 새로운 방법과 아이디어로 사안을 철저하게 파악할 수 있을 때 마침내 목적을 달성할 수 있다.

창조력은 창조기법을 터득하고 두뇌활동을 거듭함으로써 습관화되며 비즈니스 사회에서 가치를 낳는 무기가 된다. 창조력이 있는 사람은 주목을 받고, 창조력이 있는 기업은 사업을 존속·발전시킬 수 있다.

개인과 기업이 창조력 개발에 최선을 다할 때, 마침내 번영의 길을 걸을 수 있다.

〈관련명언〉

"창조력이란, 무언가 새로운 것을 처음으로 관찰하는 것이 아니다. 오래된 것, 예로부터 전해져 내려온 것, 또는 누구의 눈에도 띄지는 않았지만 놓쳐버린 것 등을 새롭게 관찰하는 것이야말로 진정으로 독창적인 두뇌라는 증거다."

_니체(Nietzsche, Friedrich Wilhelm. 독일의 시인 · 철학자)

"정보화 사회에서는 독창성이야말로 인간으로서의 존재 이유다."

_가쿠 류자부로(賀來龍三郎. 캐논 명예회장)

"창조하는 일은 인간에게 최고의 보람이다."

_다케다 유타카(武田 豊. 전 신일본제철회장)

❧ 상상력

상상력은 지식보다 중요하다.

_아인슈타인(Einstein, Albert. 미국의 이론물리학자)

창조 · 발견 · 문화의 근원이자 추진력이 되는 것은 지식이 아니라 상상력이다. 그러므로 아무리 많은 지식을 배우고 축적해도 상상력이 동반되지 않으면 창조 · 발견을 하거나 문화를 생성시키기 힘들다.

아인슈타인을 유명하게 만든 상대성이론도 그의 풍부한 상상력이 있었기에 가능했다. 결코 이론물리학의 깊은 학식만으로 완성된 것이 아니다. '상상력이 지식보다 중요하다' 라는 말은 그래서 강한 설득력을 갖는다.

〈관련명언〉

"상상력은 아름다움, 정의, 행복을 창조한다. 상상력은 이 세상의 전부다."

_파스칼

"상상력이 풍부한 인간은 예술가로 만들고, 용기 있는 인간은 영웅으로 만든다."

_프랑스(France, Anatole. 프랑스의 소설가 · 평론가)

🌸 감 · 직감

무슨 일에 있어서든지 감이 좋아야 한다.

_마쓰시타 고노스케

비즈니스를 감으로 하면 위험하다는 사람도 있다. 그러나 그런 사람은 무슨 일이든지 이론적으로 생각하고 처리해야만 직성이 풀리는 사람으로, 감이란, 만일의 성공을 노리고 승부를 거는 요행과 같다고 생각한다.

그러나 진정한 감, 직감은 오랜 기간에 걸쳐서 축적된 지식과 정보, 경험이 어떠한 판단을 내려야 할 때에 뛰어난 힌트가 된다. 요행과 같이 지식, 경험이 따르지 않는 것과는 본질적으로 다르며 이론만으로는 얻을 수 없는 좋은 결과로 이어질 때가 많다.

〈관련명언〉

"직감의 힌트는 오랫동안 준비하고 고심한 만큼 주어진다."

_파스퇴르(Pasteur, Louis. 프랑스의 화학자 · 미생물학자)

"감은 두뇌의 움직임이 아니라 부단한 연습의 결과로 생겨난다."

_나카무라 도라키치(中村寅吉. 프로골퍼)

❧ 모방

모방하는 능력이 있다면 발명하는 능력도 있는 것이다.

_마쓰다 다카시(益田 孝. 전 미쓰이물산 사장)

외국으로부터 일본인은 모방을 잘한다는 평을 듣는다. 그러나 그러한 비평을 받았다고 해서 결코 비하할 필요는 없다. 모방자체는 전혀 부끄러워할 일이 아니다. 이미 완성된 제품이나 타인을 흉내내는 것은 반드시 필요한 학습 수단이며 방법이다.

중요한 점은 모방을 각자, 각 기업의 목표를 달성하고 원하는 것을 완수하기 위해 필요한 과정으로 인정하여 모방단계에 그치지 말고 고유의 창조적인 단계로 나아가야 한다는 것이다.

〈관련명언〉

"위인들의 삶과 사고방식을 교훈으로 삼되, 단순히 모방만 해서는 안 된다."

_마쓰시타 고노스케

"인간은 모방은 칭찬하면서 가끔은 진실을 가볍게 보는 경향이 있다."

_이솝(Aesop. 고대 그리스의 우화작가)

🌼 발명 · 발견

발명과 발견, 창의성 연구의 세계는 무궁무진하다. 지금까지 인간의 걸어온 길은 아주 티끌만큼 작은 것에 불과하다.

_도요다 사키치(豊田佐吉. 도요다식자동직기 발명자)

도요다 사키치는 이어서 "거대한 미개의 보고는 빨리 문을 열어달라고 아우성치고 있다. 더구나 그 문의 열쇠는 모든 사람의 발밑에 굴러다니고 있다"라고 했다.

그럼 어떻게 하면 그 문의 열쇠를 주워서 거대한 미개의 보고를 열 수 있을까?

우선 사물을 창조적인 눈과 마음으로 바라보는 자세와, 설정한 목표를 철저하게 추구하여 결과가 나올 때까지 끝까지 밀어붙이는 인내력을 갖추어야 한다.

〈관련명언〉

"발명은 두뇌와 재료의 결합이다. 두뇌를 사용할수록 재료의 필요는 적어진다."

_케터링(Charles Franklin Kettering. 미국의 산업자본가)

"발명의 비결은 끊임없는 노력이다."

_뉴턴(Newton, Isaac. 영국의 물리학자 · 천문학자 · 수학자 · 근대이론과학의 선구자)

✤ 학문

알고 난 후에 배우는 일이야말로 중요하다.

_존 우든(John Wooden. 미국의 농구코치)

학교에서의 배움은 아는 것에 중심을 두고 있다. 그러나 실제 사회에서는 아는 것만으로는 부족하다. 아메리카의 유명한 농구 코치 존 우든이 말한 것처럼 아는 것은 물론이고 그것을 배워서 실생활에서 활용할 수 있어야 한다. 그러려면 아는 것을 실제 문제나 과제로 삼아 확인해보고, 자신의 머리로 생각해볼 필요가 있다. 영업활동, 연구·개발활동, 조사활동 등 매일 실생활에서 사용하며 직접 느껴보고 배워야 한다.

그런데 학교에서는 자신이 하고자 하는 욕구와 상관없이 정해진 커리큘럼에 따라 수동적으로 배운다. 그러나 실제사회에서 배울 경우에는 학교에서처럼 수동적이어서는 안 된다. 목표가 있고 의욕이 있어야 하며, 자주적이고 자발적으로 행동하는 것이 중요하다. 그래야만 배운 것을 확실하게 익힐 수 있다. 그것은 현장에서도 도움이 되므로 구체적인 성과로 나타난다. 그러한 성과를 얻음으로써 배우는 즐거움을 실감할 수 있고, 진보와 성장을 위해 새로운 의욕을 갖고 배움을 계속할 수 있다.

또한 실제 사회에서는 배우려는 의욕만 있으면, 보고 듣는 것에서 무언가를 배울 수 있고, 그 지식을 흡수하여 활용할 수도 있다. 정보화가 급진전하여 멀티미디어시대로 돌입한 오늘날에는 무언가 특정한 주제에 관해 배우는 것뿐만 아니라 방법과 노하우, 지혜 등을 익히는 것이 비즈니스와 인생에서 성공을 위한 중요한 기반이 된다.

〈관련명언〉

"폭넓게 공부하라. 정년까지 40년이라면 10종류 이상의 학사학위를 딸 수 있다."

_미사와 지요지(三澤千代治. 미사와홈 창업자)

"배움을 그만 둔 사람은 쉽게 늙는다. 스무 살이나 여든 살이라도 배움을 계속하는 사람은 마음이 젊다. 인생에서 가장 위대한 것은 마음을 젊게 가지는 것이다."

_포드(Ford, Henry. 미국의 기술자·실업가, 자동차왕으로 불리는 세계적인 자동차 제작 회사 포드의 창설자)

"어리석은 인간은 학문을 경시하고 단순한 사람은 그것을 칭찬한다. 그러나 현명한 사람은 그것을 이용한다. 학문 그 자체는 결코 스스로 이용법을 가르쳐 주지는 않는다."

_베이컨

⚜ 경청

성공의 열쇠는 동료들의 말에 귀를 기울이는 것이다.

_샘 월턴(Sam Walton. 미국의 월마트 스토어 창업자)

월마트를 창업한 월턴은 이렇게 덧붙이고 있다.

"모든 사람을 참가시키는 것이 중요하다. 우리의 최고 아이디어는 점원이나 재고품에서 나오기 때문이다."

남의 이야기나 생각에 귀 기울이는 것은 무척 중요하다. 우리는 이 중요성을 가끔 잊고 살지만 남의 이야기를 경청하면 남의 아이디어는 물론 지식, 정보, 사고방식까지 알게 되므로, 많은 도움을 얻을 수 있다. 또한 사람들의 이야기를 들음으로써 그들의 참가의욕을 돋구고 사기도 높일 수 있다.

〈관련명언〉

"사람을 움직이는 비결은 우선 상대의 말에 귀를 기울이는 것이다."

_카네기(Carnegie, Andrew. 미국의 산업자본가 · 강철왕)

"남의 이야기를 중간에 자르거나, 남의 화제를 가로채어서도 안 된다."

_워싱턴(Washington, George. 미국의 초대 대통령)

❀ 기억

자신에게 불필요한 것은 모두 잊어버려라.

_후지와라 긴지로(藤原銀次郎. 실업가 · 정치가)

이 말의 앞부분은 "기억하지 않아도 좋은 것을 너무 많이 기억하고 있기 때문에 정작 중요한 것은 잊어버린다. 그러므로"라고 되어있다. 정보화가 고도로 진보한 오늘날, 비즈니스 세계에서 생겨나는 지식·정보·데이터의 양은 엄청나다. 이러한 막대한 양의 소재 속에서 정작 필요한 것, 도움 되는 것, 즉 후지와라어록이 말하는 "기억해야 할 것"을 선택하고 기억하여, 필요할 때마다 적절한 형태로 상기하고 활용하는 것이 중요하다.

〈관련명언〉

"잊고 싶은 일 일수록 강하게 기억에 남는다."

_몽테뉴(Montaigne, Michel Eyquem de. 프랑스의 사상가 · 모럴리스트)

"기억은 식물과 닮아있다. 둘 다 싱싱할 때 심지 않으면 뿌리가 생기지 않는다."

_ーブーブ 브브(프랑스의 시인 · 평론가)

⚜ 독서

경험으로 기초를 탄탄히 하여, 감을 기르고, 책이나 신문으로 흐름을 파악한다.

_다구치 리하치(田口利八. 세이노운수 창업자)

비즈니스맨이 책을 읽는 목적은 크게 세 가지로 나눌 수 있다.

① 직업, 일과 관련해서 필요한 지식과 기술을 얻는다.
② 인생과 인격형성에 도움을 준다.
③ 남는 시간을 채우기 위해 읽는다.

바쁜 비즈니스맨 대부분은 ①의 목적으로 책을 읽는다. 조직 내의 지위가 높을수록 그 경향이 강하다. 유능한 비즈니스맨에게 ①의 목적으로 독서를 하는 것은 '일'의 일부라고 할 수 있다. 그 성과로 정보처리 능력을 높이고 라이벌과의 격차를 늘릴 수 있기 때문이다. 한편 ②는 살아가는 의미를 근본적으로 생각하게 한다.

그러나 바쁘다는 핑계로 오랫동안 책을 읽지 않으면 뜻하지 않은 결과를 가져올 수 있다. 아무리 뛰어난 비즈니스맨이라고 할지라도 인간적인 균형이 어긋나있다면 일을 하는 데 한계가 있어 위기 상황에 처하면 쉽게 무너지고 만다.

따라서 나이와 함께 성장하고 일을 하면서 위기를 제대로 극복하기 위해서는 ①의 독서를 하면서, ②의 독서에도 관심을 기울이는 것이 중요하다.

원래 독서란, 옛날부터 ②의 분야에 주안점을 두었다. ①의 독서가 그것을 대신해 온 것도 현대의 지식, 정보, 기술의 변화에 가속도가 붙으면서, 이에 따라 직업의 전문화와 고도화가 급속하게 진보해왔기 때문이다.

다만, ①의 경우를 중심으로 독서할 때의 근본적인 자세는, 다구치 리하치의 말처럼 자신의 경험과 감을 통해 소재의 흐름을 파악하고, 고유의 틀 안에 질서를 잡아나가는 것이 중요하다.

그래야만 읽은 것을 자신이 직면한 일에 보다 많이, 그리고 보다 깊게 인식하고 판단하여 도움을 받을 수 있기 때문이다.

〈관련명언〉

"한 가지에 대한 생각이 끝나지 않으면 다른 일을 생각하지 마라. 책 한 권을 모두 읽지 않은 상태에서 다른 책을 읽지 마라."

_니시다 기타로(西田幾太郎. 철학자)

"적당히 능숙하게 뛰어 읽는 것이 독서의 기술이다."

_해머튼(Philip Hamerton. 영국의 작가)

"독서는 충실한 인간을 만들고, 쓰기는 정확한 인간을 만든다."

_베이컨

❦ 과학

과학의 위대한 진보는 새롭고 대담한 상상력에서 생겨난다.

듀이는 실용주의를 발전시킨 미국의 철학자이자 교육자다.

일본은 구미에 비해 과학 분야에서 뒤쳐져서 '기초연구 무료 승차'라는 비판을 받고 있다. 응용개발지향으로 세계 시장의 경쟁에서 이기고 경제대국이 된 오늘날, 이 기초연구분야에 있어서도 국제공헌이 요구되고 있다.

과학이 눈부신 진보단계를 거치게 된 것도 듀이의 말처럼 다음 단계로 발걸음을 옮겨놓는 계기로써 새롭고 대담한 상상을 시도했기 때문이다. 과학은 실증적, 분석적, 논리적으로 실험하고 연구하여 발전시켜나가는 것만을 요구한다고 생각하기 쉽다. 그러나 현실에서 실험이나 연구를 효과적으로 전개, 진보시키기 위해서는 대담한 상상력이 필요하다. 그렇다고 해서 각 실험이나 연구가 반드시 대담한 상상력을 동반해야만 한다는 것은 아니다. 다음 단계를 위해 많은 과학자들이 어떤 일련의 실험과 연구 등을 거듭하여, 그 성과를 바탕으로 누군가가 새로운 상상력을 동원하여 발전시켜야 한다.

과학기술에 관한 지식과 이해가 부족하면, 21세기로 향하는 과정에서 과학기술을 활용한 도움을 줄 수가 없다. 신세기를 맞이하여 과학은 급속한 확대와 변화를 보이고 있다. 과학의 새로운 성과에서 신기술이 생겨나는 템포가 갑자기 빨라지고 있기 때문이다. 과학기술을 어떻게 비즈니스에 활용하여 새로운 전개의 계기로 삼을 수 있을까? 21세기는 시련과 기대의 세기다.

〈관련명언〉

"너무 감에 의지하거나 과학에만 편중해서는 안 된다. 그 두 가지를 차의 두 바퀴처럼 능숙하게 사용할 수 있어야 한다."

_마쓰시타 고노스케

"과학이 무제한으로 발달하면 곤란하다. 인간의 덕성은 그와 함께 진보하지 않기 때문이다."

_시가 나오야(志賀直哉. 소설가)

"사람들은 깜짝 놀라는 것을 좋아한다. 이것이야말로 과학의 씨앗이다."

_에머슨(Ralph Waldo Emerson. 미국의 시인·사상가)

⚜ 기술

기술은 과학적 혹은 다른 조직적인 지식의 실제적인 적용을 의미한다.

_갤브레이스(John Kenneth Galbraith. 미국의 경제학자)

갤브레이스는 미국의 경제학자로, 경제학자의 대부분이 경제적 성장의 50~60퍼센트는 기술적인 혁신에 의한 것으로 보고 있다. 기술이 경비를 삭감하고 생산성을 증진시킨 공적은 크다.

갤브레이스는 기술의 정의를 매우 간결하고 정확하게 내리고 있다. 어려운 점은 기술을 실제적인 과제로서 어떻게 체계적으로 적용하는가에 있다. 무엇을 위해 기술을 적용할 것인가? 기술의 활용방법은 현대를 사는 우리의 사물에 대한 사고방식과 마음자세에 깊은 관련이 있다.

예를 들면 자동차의 기술을 들 수 있다. 어느 시기까지의 자동차 기술은 빨리 달리는 것만을 목적으로 하였다. 그 결과, 대기는 점차 배기가스로 오염되었고, 도시는 아름답고 파란 하늘을 잃었다. 사람들은 점차 배기가스에 의한 공해의 심각성을 깨닫기 시작하면서 점차 자동차에 대한 생각과 마음자세도 달라졌다. 그리하여 배기가스가 적거나 혹은 배기가스를 방출하지 않는, 무공해자동차를 원하는 움직임에 부응하여 새로운 기술개발이 시작되었다. 그 결과, 수많은 기술적인 진보를 이루어냄으로써 드디어 오늘날, 그러한 적용이 가능해졌다.

사람들이 새로운 가치를 요구하면 새로운 기술 개발에 착수하여 활용하는 자가 큰 성공을 거둘 수 있다. 기술은 이처럼 경쟁을 유리하게 하고, 불가능을 가능하게 하는 힘을 갖고 있다. 다만 그 힘을 내 것으로 만들어서 승리자가 될 수 있을지는 기술을 활용하는 사람의 생각과 마음자세에 달려있다.

〈관련명언〉

"흔히 기술을 간단히 말하지만, 사실은 50퍼센트는 설비, 나머지는 기술이기 때문에 오히려 설비를 진지하게 생각해야 기술이 살아날 수 있다."

_고바야시 세쓰타로(小林節太郎. 전 후지사진필름 회장)

"누구나 이해할 수 있는 사상만이 진정한 기술을 얻을 수 있다."

_혼다 소이치로

"승부에 자신감이 생기면 사람들 대부분은 거만해지기 쉽다. 중요한 것은 어떻게 하면 기술을 전부 보여줄 수 있을까 하는 마음자세다."

_오야마 야스하루(大山康晴. 장기 기사)

⚜ 말

식견이 풍부한 사람은 이야기하는 것도 다르다.

_나쓰메 소세키(夏目漱石. 소설가)

비즈니스 사회에서는 말이 중요하므로 신중해야 한다. 말을 어떻게 하느냐에 따라 일의 진행이 달라지고, 자신의 말투에 따라 일의 성패가 크게 좌우될 수 있다. 상식에 어긋나는 말을 하면 비즈니스 사회의 인간관계에 지장을 초래하고, 중요한 거래까지도 망칠 수 있다. 식견이 풍부함을 느끼게 해주는 말투를 적절하게 사용하면 호감과 신뢰를 얻어 일도 일사천리로 진행된다.

평소에 견문과 학식을 쌓아서 말을 바르게 사용하는 습관을 기르자.

〈관련명언〉

"말을 과격하게 하는 것은 근거가 빈약함을 뜻한다."

_위고

"현명한 사람에게는 한 마디면 충분하다. 굳이 긴 말이 필요 없다."

_프랭클린(ranklin, Benjamin. 미국의 정치가 · 외교관 · 과학자 · 저술가)

⚜ 이론

그 날 한 일은 그 날 밤에 반드시 이론적으로 이해한다.

_오가와 헤이자부로(大川平三郎. 전 후지제지 사장)

오가와 헤이자부로는 이 말에 이어 다음과 같이 말하고 있다.

"또한 공부하면서 의문이 생겼던 부분은 다음 날에 반드시 실제로 확인했다."

일터에서 일어날 수 있는 일을, 늘 경험이나 감에 의지해서 대처하고 해결한다면 영원히 정해진 틀 이상을 뛰어 넘을 수 없다. '왜 그럴까?', '어떻게 하면 좋을까?' 를 이론적으로 명확하게 파악했을 때 비로소 상황을 정확하게 인식하고, 법칙성에 대해서도 이해하여 진보하고 발전할 수 있다.

〈관련명언〉

"이론은 가장 실제적으로 생각할 수 있는 것으로, 실천의 핵심이다."

_볼츠만(Boltzmann, Ludwig Eduard. 오스트리아의 이론물리학자)

"이론은 장교이며, 실천은 병사다."

_다빈치

⚜ 장점

인재를 채용하려면 사람의 장점을 솔직하게 인정하는 것이 중요하다. 결점만 신경 쓴다면 인재를 채용하기 힘들다.

조직에서 사람은 자본이다. 즉, 귀중한 인적자원이다. 각자가 갖고 있는 재능을 발견하여, 그 재능을 최대한으로 살려줌으로써 조직은 활력을 갖고 발전할 수 있다. 그러려면 사람이 갖고 있는 장점에 관심을 갖고 채용하는 것이 중요하다. 장점을 살리면 인재를 적재적소에 배치할 수 있어서, 인적자원을 효율적으로 활용할 수 있다. 적절한 부서에서 재능을 발휘하며 원하는 일을 할 수 있을 때, 사람은 충족감을 느낀다.

일하는 사람의 행복감을 환기시켜주기 위해서도 사람이 갖고 있는 장점에 눈을 돌려 인재를 채용하는 것이 중요하다.

〈관련명언〉

"자신의 장점이 무엇인지, 일을 통해서 발견하라."

_안도 타로(安藤太郎. 스미토모부동산 회장)

"사람의 가치는 장점을 어떻게 사용하느냐에 따라 판단해야 한다."

_라 로슈푸코(Franois de La Rochefoucauld. 프랑스 모럴리스트)

✿ 단점 · 결점

남의 결점을 찾으려 하지 말고 장점을 보라.

_고바야시 이치조(小林一三. 한큐그룹 창립자)

사람은 누구나 단점을 가지고 있다. 단점은 자기 자신, 타인, 조직에 따라 각기 다른 대처법이 필요하다. 자신의 경우, 스스로 단점을 깨닫고, 가능한 한 그 단점을 고치고 극복하려는 노력을 해야 한다. 타인의 경우에는 그가 갖고 있는 단점에 연연하지 말고 장점만을 보고 교류하는 것이 좋다. 조직의 경우도 남의 단점을 찾거나 신경 쓰는 일은 피해야 한다. 그렇지 않으면 일하는 사람의 의욕을 상실하고, 결국 조직의 활력마저 잃고 마는 결과를 초래한다.

〈관련명언〉

"남의 결점은 자신에게 좋은 교사가 된다."

_레만(Lehmann, Wilhelm. 독일의 서정시인 · 소설가)

"약간의 결점도 보이지 않는 인간은 어리석은 자이거나 위선자다."

_쥬벨(Joubrt, Josept. 프랑스의 사상가)

❧ 교육 · 훈련

교육의 문제는 사람이 지닌 좋은 자질을 얼마나 발전시킬 수 있느냐에 달려있다.

_드러커

개인적으로든, 전체적으로든지 간에 교육과 훈련을 하려면, 드러커의 말처럼 그 방법을 연구해야 한다. 그 결과, 업무 효율과 비즈니스 능률을 향상시켜 비용을 절감할 수 있다.

그렇다면 교육과 훈련이 필요한 경우는 언제일까? 업무 효율과 매출이 떨어져서 사원의 사기가 저하되었을 때만 해서는 안 된다.

평소에 꾸준히 교육과 훈련을 해야 한다.

〈관련명언〉

"자신에게 명령하지 않는 자는 영원히 하인의 위치에 머무르고 말 것이다."

_괴테(Goethe, Johann Wolfgang von 독일의 시인 · 극작가 · 정치가 · 과학자)

"우리는 훈련으로 강해진다. 일정한 목적에 힘을 쏟아 부을 때 성장한다."

_카네기

chapter 03

••• 평소 업무에 정진한다

[일] 스스로 열심히 자신의 일을 배워나간다.-후지와라 긴지로

[리더십] 리더십은 모범을 보이는 것이다.-아이아코카

[권한위임] 가능한 한 많은 사람의 힘을 빌리는 편이 좋다.-하야카와 다네조

[승진·출세] 출세나 승진은 목적이 아니다.-오카자키 카헤이타

[목표] 서로의 약속을 위해 자신을 컨트롤하며 목표를 추구하는 것이 중요하다.-마쓰시타 고노스케

[목적] 목적을 달성한다는 것은 시종일관 최후의 목적을 향해 돌진하는 것이다.-이시바시 마사지로

[준비] 내 인생의 성공의 비결은 항상 15분전에 도착한 덕택이다.-넬슨

[교섭] 교섭에서 성공하는 비결은 상대가 기대하는 이상의 것을 할 수 있다는 자신감이다.-크라이슬러

[문제] 나는 자신의 모든 문제에 감사하고 있다.-페니

[지위] 지위가 높아질수록 더욱 겸손해져야 한다.-키케로

[행동?행위] 할 수 없다고 포기하지 말고 한 번 도전해보라.-가시마 모리노스케

[작은 일·사소한 일] 아주 작은 일이라도 적당히 하지 말고 최선을 다하라. -이부사와 에이치

[쓸데없음] 헛된 노력을 했다는 사실을 깨달은 것만으로도 충분히 큰 수확이다.-와트슨

:

03

 일

스스로 열심히 자신의 일을 배워나간다.

_후지와라 긴지로

직장에서 인정받고 좋은 평가를 받기 위해서는 자신에게 주어진 모든 일에 전력투구해야 한다. 불평, 불만을 늘어놓거나 재능이나 실력을 발휘하지 못해서 짜증을 내는 등 가볍게 처신해서는 안 된다.

일에 대한 좋고 싫은 감정이나 가치판단으로 차별을 두고 일을 처리하면 오히려 자신이 그 일에 차별 받는 결과를 가져온다. 싫어하는 일이나 실력 이하의 일을 하찮은 일이라고 생각한다면 오히려 일 쪽에서 자신을 밀어낼 수도 있다.

중요한 점은 어떠한 일이라도 그 일에 관한 한 누구에게도 지지 않는다고 자신할 수 있을 정도의 실력을 갖추어야 한다는 것이다. 그 정도의 실력이 되었을 때 비로소 그 일은 물론 어떠한 일도 처리할 수 있는 방법을 배울 수 있다. 또한 일을 하는 자세와 성과도 평가받고, 신뢰도 쌓을 수 있다.

조직의 종류, 규모에 상관없이 어떠한 일이든지 필요와 의의가 있기 때문에 존재한다는 것을 잊지 말자. 하찮게 보이는 일이라도 그것을 가볍게 처리해서 나쁜 결과가 발생하면, 네트워크와 조직적인 전체의 일에 지장을 초래할 수 있다는 것을 명심하라. 조직의 구성원으로서 자신이 속해 있는 장소에서 최선을 다하라. 그러면 하루하루가 충실하고, 주위로부터도 인정을 받아서 업그레이드 된 다음 단계의 일을 할 수 있다.

위와 같은 마음 자세로 후지와라 긴지로의 말을 다시 한 번 곰곰이 생각해보면 한층 의미 있을 것이다.

〈관련명언〉

"주어진 분야에서는 세계 제일이 되겠다는 마음가짐으로 최선을 다하라."

_가쿠 류타로

"어떠한 일이라도 철저히 한다면 그 일을 중심으로 무한하게 퍼져나간다. 더 이상 진보, 발전의 여지가 없고, 이젠 끝이라는 말은 결코 존재하지 않는다."

_마쓰시타 고노스케

"일을 위해 죽는 사람은 드물다. 일에 관해 불필요한 고민을 하기 때문에 많은 사람이 죽는 것이다. 불필요한 고민은 칼날을 망가트리는 녹과 같다."

_워너메이커(Wanamaker, Jone. 미국의 실업가 · 백화점업계의 선구자)

⚜ 리더십

리더십은 모범을 보이는 것이다.

_아이아코카(Iacocca, Lido Anthony. 미국의 기업경영자 · 전 크라이슬러사 사장)

어떠한 조직이든지 간에 목표를 실현하기 위해서는 리더십이 필요하다. 조직의 멤버를 다독거려서 공통의 목표를 향해 서로 협력해나가는 최고의 리더십은, 스스로 솔선수범하여 모범을 보이는 것이다.

스마일스도 말했듯이 "모범은 말없이 가르쳐도 가장 강력한 교육자 중의 하나"이기 때문이다. 말이 없는 가르침이자 지시, 본보기이기 때문에 오히려 강렬한 인상을 남기고 설득력도 강하다.

〈관련명언〉

"아랫사람을 부리려면 먼저 자신이 일하는 모습을 보여라. 이것이 나의 철학이다."

_쇼리키 마쓰타로(正力松太郞. 전 요미우리신문사 사주 · 니혼TV 창업자)

"나쁜 병사는 없다. 나쁜 장군이 있을 뿐이다."

_나폴레옹

✤ 권한위임

가능한 한 많은 사람의 힘을 빌리는 편이 좋다.

_하야카와 다네조(무川種三. 전 일본건설 · 센다이방송 사장)

상사에게 부하직원은 권한을 위임함으로써 그 힘을 빌리기 위해 존재한다. 권한 위임을 적절하게 행하고, 그들의 힘을 빌려 성과를 올릴 수 있는지의 여부에 따라 리더로서의 역량과 평가가 결정된다고 해도 과언이 아니다. 가장 중요한 것은 위임해야만 하는 권한과, 부하의 능력·성격·적성의 분석을 충분히 실시해야 한다는 점이다. 그리고 무엇을 어떻게 그리고 언제까지 할 지를 명확하게 한다. 어떻게 해야 하는 지에 대해서는 자유재량의 여지를 남겨주면 의욕적으로 업무에 정진하여 좋은 결과를 가져온다.

〈관련명언〉

"맡길 때는 전부 맡긴다."

_쓰쓰미 요시아키(堤 義明. 세이부철도 회장)

"아무리 애를 쓰더라도 혼자만 할 수 있는 능력에는 한계가 있다. 조직이 커질수록 더욱 그렇다."

_오쿠무라 쓰나오(奧村網雄. 전 노무라증권 회장)

🌸 승진·출세

출세나 승진은 목적이 아니다. 그것은 우리의 일이나 생활의 노력 그 자체에 저절로 따라오는 것이다.

_오카자키 가헤이타(岡崎嘉平太. 전 젠닛폰항공 사장)

이 어록에 있는 것처럼 승진이나 출세는 목적이 아니다. 아니,

목적이어서는 안 된다. 그것을 목적으로 의식하면 일이나 인간 관계에 영향을 미칠 수 있다. 그렇게 되면 오히려 승진이나 출세에서 멀어질 수 있다. 그보다는 자신의 담당업무에 정진하여 그 분야의 최고가 되어보자.

그 노력이 주위나 상사에게 인정되어 저절로 승진하거나 출세하면 윗자리에 앉아서도 모든 것이 순조롭다.

〈관련명언〉

"자기 자신을 버리고 남을 위해 일하는 것이 오히려 승진의 지름길이다."

_고바야시 이치조

"불평불만은 출세의 막다른 골목이다."

_네즈 가이치로(根津嘉一郎. 도부철도 창업자)

❧ 목표

서로의 약속을 위해 자신을 컨트롤하며 목표를 추구하는 것이 중요하다.

_마쓰시타 고노스케

각자가 자신이 원하는 목표를 세우고 종이에 적어보자. 그러면 목표는 명확해지고 구체적으로 변한다. 기한을 정하여 목표 달성을 위한 최상의 순서와 방법을 기록하면 어떻게 실행해야할지 답이 선명해진다.

목표를 달성하는 과정에서 가장 곤란한 점은 실천방법이다. 스스로 채찍질하지 않으면 태만이나 욕망과 타협하여 굴복하기 쉽고, 목표를 향한 의지도 약해지기 쉽다.

〈관련명언〉

"꿈이나 목표가 있는 남자는 일을 하면서도 자연스럽게 그곳으로 다가간다."

_야마시나 나오지(山科直治. 반다이 창업자)

"목표는 높게, 희망은 크게, 마음은 넓게."

_차타니 슈지로(茶谷周次郞. 전 도요보 사장)

⚜ 목적

목적을 달성한다는 것은 시종일관 최후의 목적을 향해 돌진하는 것이다.

_이시바시 마사지로

사람은 자신에게 가치 있는 목적을 정하여, 그 목적을 실현하기 위해 끊임없이 노력하는 것이 중요하다.

목적을 발견함으로써 살아가는 에너지와 지식, 정보가 방향성을 갖게 되고, 창의성도 발휘된다. 또한 목적달성에 한 걸음씩 다가선다는 만족감으로 보람을 느낀다. 그만큼 목적을 정하여 추구하는 것에는 의의가 있다. 원하는 일과 인생의 목적을 정하고 그 꿈을 달성하기 위해 마지막까지 최선을 다하라.

〈관련명언〉

"사람은 원대한 목적을 가졌을 때 비로소 자기 자신도 크게 성장한다."

_실러(Schiller, Johann Christoph Friedrich von. 독일의 시인 · 극작가)

"인생의 목적은 지식이 아니라 행동이다."

_헉슬리(Huxley, Julian Sorell. 영국의 생물학자)

❧ 준비

내 인생의 성공의 비결은 어떠한 경우를 막론하고 15분 전에 도착한 덕택이다.

_넬슨(Nelson, Horatio. 영국의 제독(提督))

어떠한 경우에도 준비는 중요하다. 회의, 교섭, 세일즈 등 어떠한 경우에도 미리 마음의 준비를 하고 일을 처리해나가야 한다.

예를 들어 충분한 시간을 투자하여 작성한 원고로 하는 스피치는 듣는 사람들에게 감명을 주고, 자신의 평가도 높일 수 있다. 또한 세일즈맨은 방문 예정의 고객, 기업에 대한 자료를 미리 살펴보고 접근 방법과 세일즈 토크 준비를 함으로써 성공률을 높일 수 있다. 넬슨의 15분간의 준비의 내용이 무엇이었는지, 상상을 자극하는 명언이 아닌가?

〈관련명언〉

"미리 준비하라. 미리 준비하면 결코 위험하지 않다."

_『春秋左氏傳』. (중국 오경 중의 하나. 중국춘추시대 魯(노)나라의 太史(태사), 左丘明(좌구명)이 공자의 『春秋(춘추)』를 풀이한 책)

"나는 기회가 올 것에 대비해서 배우고, 언제라도 일을 할 수 있는 태세를 갖추고 있다."

_링컨(Lincoln, Abraham. 미국의 제16대 대통령)

✤ 교섭

교섭에서 성공하는 비결은 상대가 기대하는 이상의 것을 할 수

있다는 자신감이다.

_크라이슬러(Walter P. Chrysler. 크라이슬러사 창업자)

이 말처럼 상대가 기대하는 이상의 것을 할 수 있다는 자신감을 가지고 교섭하려면 어떻게 해야 할까?

우선 사전준비를 충분히 해야 한다. 자신과 상대방의 요구, 제안 내용과 그 논거를 신중하게 검토한다. 그리고 상대가 기대하는 이상의 것을 자신에게도 유리한 조건으로 만들기 위해 깊이 생각함으로써 자신감을 갖고 교섭에 임할 수 있다.

이 때, 쌍방의 요구, 제안의 상이점, 이해의 대립점을 냉정하게 검토하고 명확하게 파악한 후에, 상대에게 어디까지 양보하고 기대 이상의 것을 할 수 있을 지를 잘 생각해야 한다. 물론 양보는 최소한으로 줄여야 한다.

그러나 그렇게 하면 교섭이 잘 안 되는 경우가 많다. 그래서 최종적으로 어디까지 양보할 수 있는지를 결정해 두고, 그래도 안 된다면 단념하겠다는 각오로 임해야 한다. 그러한 각오가 없다면 상대에게 주도권을 빼앗기게 되고, 손실이 큰 양보로 교섭이 끝나거나, 아니면 타협할 여지가 있어도 교섭이 결렬되고 말기 때문에 나중에 후회할 수 있다.

드디어 교섭할 때는 상대의 말에 귀를 기울이고, 적절하고 정확한 대답만을 한다. 이 때, 자신의 요구나 희망사항을 불필요하게 모두 말해버리지 않도록 주의해야 한다. 그러한 태도를 취하면서 상대의 기대와 요구, 희망사항 등을 파악하고, 자신의 요구도 하면서도 상대가 기대하는 이상의 것을 얻을 수 있는 방법을 이끌어내고 제시한다. 그러기 위해서는 냉정하고 신중하게 말을 잘 선택해서 표현할 필요가 있다.

이렇게 해서 쌍방이 만족할 수 있는 결과에 이르면 한쪽이 이기고, 다른 한쪽이 패하는 것이 아니라 서로 승리를 나눌 수 있는 교섭이 성립된다.

〈관련명언〉

"상대의 본심을 알고 싶을 때는 가만히 얼굴을 지켜보라. 표정을 지켜보고 있으면 말의 의미를 파악하기 쉬워진다."

_체스터필드

"상대의 눈과 교섭하라. 동작을 신용해서는 안 된다."

_셰익스피어

❧ 문제

나는 자신의 모든 문제에 감사하고 있다.

_페니(James Cash Penney. 미국 J.C.페니사 창업자)

이 말은 다음 말에 이어진다.

"한 문제를 극복하고 나서 자신이 좀 더 강해지고 앞으로 다가올 문제에 대해서도 전보다 제대로 대처할 수 있게 되었고, 내게 주어진 어려운 상황 속에서 점차 내 자신이 성장하고 있음을 알 수 있었다."

우리는 매일 직장생활이나 일상생활에서 여러 가지 문제에 직면할 때가 많다. 우리는 계속해서 자신이 부딪치는 문제와 싸워 해결해나감으로써 정신적으로 단련되고 사고력도 강화된다.

문제에 대처하고 해결하는 능력을 익힐 때 비로소 사람은 성장할 수 있다. 페니가 말한 것처럼 우리는 자신이 계속해서 직면하는 문제에 관해 감사해야하지 않을까?

'같은 실수를 두 번 다시 하지 마'는 말을 자주 듣는다. 문제를 다룰 때도 마찬가지다. 우리는 같은 문제에 반복해서 직면하고 해결해야 함을 부끄러워해야 한다. 그것이야말로 문제이기 때문이다. 지난 번 문제에 대응하면서 교훈을 배우고 익히지 않았기 때문에 같은 문제가 반복되는 것이다.

그리고 문제에 부딪혔을 때는 부끄러워하거나 겁을 먹어서는 안 된다. 그렇게 되면 문제에 붙잡혀서 빠져나올 수 없게 된다. 때로는 확실하고 대담하게 문제와 정면으로 부딪쳐서 해결하려는 마음자세가 필요하다. 또한 제대로 분석하고 정리하면, 대부분의 문제는 해결할 수 있다. 어떠한 문제도 그 안에 해결법을 갖고 있기 마련이다.

마지막으로 지적해두고 싶은 점은, 문제는 그것을 푸는 자에게 그에 해당하는 보수도 준다는 것이다. 비즈니스 세계에서 해결 불가능한 문제를 멋지게 해결한다면, 훌륭한 제품과 시장을 차지할 수 있다.

〈관련명언〉

"문제를 정확하게 파악할 수 있다면 문제를 해결한 것과 같다."

_케터링

"해결법을 모르는 것이 아니라 문제를 모르는 것이다."

_체스터턴(Chesterton, Gilbert Keith. 영국의 언론인 · 소설가)

"작은 일도 나누어서 하면 특별히 어려운 일은 없다."

_레이 크록(Ray Kroc. 미국의 맥도널드사 창업자)

⚜ 지위

지위가 높아질수록 더욱 겸손해져야 한다.

_키케로(Cicero, Marcus Tullius. 고대로마의 문인 · 철학자 · 변론가 · 정치가)

현재 자신이 어떠한 지위에 있든지 자기의 업무를 자랑스럽게 여기고, 모든 일에 열정과 자신감을 가지고 최선을 다하는 것이 중요하다. 사람은 자신의 지위가 높아지면 자칫 자만에 빠지기 쉽다. 키케로의 말처럼 지위가 높아지면 좀 더 겸손하게 사람을 대하고, 더욱 의욕적으로 업무에 정진하라. 그렇게 하면 지위가 높아짐에 따라 큰일을 해낼 수 있는 실력과 기량이 늘어난다.

〈관련명언〉

"높은 지위는 큰 인물을 더욱 크게 하고, 작은 인물을 더욱 작게 한다."

_라 브뤼예르(Jean de La Bruyre. 프랑스의 모럴리스트)

"지위와 명예에는 그만큼 책임이 따른다는 것을 명심하라."

_시부사와 에이치(澁澤榮一. 실업가 · 오지제지 창업자)

❧ 행동 · 행위

할 수 없다고 포기하지 말고 한 번 도전해 보라.

_가시마 모리노스케(鹿島守之助. 전 가시마건설 회장)

일의 목표를 달성시키는 원동력은 행동이다. 실제 해보고, 하는 방법을 궁리해봄으로써 목표를 달성하고 업적을 쌓을 수 있다. 우리는 행동을 통해 일의 목표달성에 실제로 도움을 받고, 업적과 성과를 높이는 데 아주 유효한 새로운 지식과 정보, 그리고 노하우와 태도 등을 직접 배운다.

이처럼 행동을 통해 실증적으로 터득한 것은 자신의 노하우와 지혜, 비결이 되어 비즈니스를 성공시키는 실력으로 축적된다.

〈관련명언〉

"행위를 결정하고 판단할 수 있는 사람은 대개 승리도 손에 넣는다."

_에우리피데스(Euripides. 고대 그리스의 3대 비극 시인 중의 한 사람)

"우리의 기쁨은 행위에 있다. 최선의 행위는 최고의 행복이다."

_야코비(Jacobi, Friedrich Heinrich. 독일의 시인·문학사가)

✤ 작은 일·사소한 일

아주 작은 일이라도 적당히 하지 말고 최선을 다하라.

_시부사와 에이치

중요한 일은 누구나 평소에 관심을 가지고 주의를 기울인다. 그러므로 중요한 일은 실수하는 경우가 거의 없다. 그런데 그다지 중요하지 않은 일, 사소한 일은 주의를 기울이지 않아서 실패할 때가 많다. 이처럼 사소한 일은 가볍게 생각하고 처리하다보니 의외로 심각한 결과를 초래하기 쉽다. 비즈니스를 좌우하는 사고와 실책도 그와 같은 맥락에서 발생할 때가 많다.

〈관련명언〉

"너무 큰 것에 욕심 부리지 말고 작은 일부터 차근차근 하라."

_니노미야 손도쿠(二宮尊德. 경구가)

"모든 일의 시작은 아주 작은 것에서부터 시작된다."

_키케로

❧ 쓸데없음

헛된 노력을 했다는 사실을 깨달은 것만으로도 충분히 큰 수확이다.

_와트슨(John Broadus Watson. 미국의 심리학자)

이 말 뒤에 다음과 같은 문장이 이어진다.

"쓸데없다는 것을 발견할 수 있었던 것은, 자신의 재능 중에 유능한 싹이 새로 돋아났기 때문이다."

그때 이렇게 했더라면 좋았을 것이라고, 시간이 흐른 뒤에 깨닫는 경우가 있다. 이 지혜를 다음 기회에 적용하고 적극 활용하는 것이 중요하다. 경험에서 배운 가치 있는 지혜로서 활용하는 것이다. 이러한 마음자세가 있다면 일이나 생활에 불필요한 것을 점차 없애고, 시간이나 금전, 노력을 정확하고 효과적으로 사용하는 법을 배울 수 있다.

〈관련명언〉

"장사나 회사 경영에서도 눈에 보이지 않는 불필요한 것이 가장 무섭다."

_후지와라 긴지로

"경제는 절약이며, 불필요한 지출을 삼가는 것이다."

_오야마 우메오(大山梅雄. 재건왕)

 토론

토론할 때는 말은 부드럽게, 논리는 강하게 펼쳐라.

_윌킨슨(영국의 부인정치가)

이 말 뒤에 다음과 같은 문장이 이어진다.

"중요한 것은 상대를 굴욕스럽게 하는 것이 아니라 설득하는 것이다."

일본인은 토론을 잘하지 못한다. 이 점에 관해서는 자타가 공인하는 것이다. 그 이유는 다음과 같다.

① 토론의 열기가 뜨거워져서 의견 교환이 격렬해지면 감정적이 되기 쉽다. 토론 열기가 감정의 격화를 가져와서 말투가 거칠어지고 논지도 흐트러지기 쉽다.

② 상대의 주장에 귀를 기울이는 여유를 잃어버리고 자신의 의견만을 주장하려고 한다.

요컨대 토론열기가 너무 거센 나머지 논쟁이 벌어지고 결국에는 말다툼을 벌이고 만다. 그러나 이러한 감정적, 공격적인 토론에서는 설령 상대를 격파했다고 해도 그 상대방이 의견을 바꾸고 자신의 의견에 동의하도록 하지는 못한다. 상대의 마음속에 감정적인 응어리가 쌓여서 마음을 닫아버리기 때문이다.

그럼 어떻게 하면 좋을까? 이에 대한 힌트는 윌킨슨의 말이다. 그 포인트를 열거하면 다음과 같다. 첫째는 자신의 생각을 충분히 상대에게 전달한다. 둘째는 상대 의견에도 충분히 귀를 기울인다. 셋째는 주장할 만큼 주장하고 상대를 설득시키기 위해 노력하는 한편, 상대의 주장이 이론에 맞고 당위성을 갖고 있다면 솔직하게 자신의 뜻을 굽히고 상대의 의견을 받아들인다. 넷째는 감정적으로 되지 않도록 스스로 노력하고, 상대의 감정을 자극하여 화나게 하지 않도록 주의한다.

특히 비즈니스 세계에서 감정적이고 공격적인 토론은 적극 피하는 것이 좋다. 설령 거래처 상대나 고객과 감정적이고 공격적인 토론으로 이겼다고 해도 얻는 것은 아무것도 없다. 득은커녕 소중한 인간관계마저 깨지고 만다. 결국 토론에 이기고 비즈니스에 패하는 어리석은 결과를 초래할 수 있다.

〈관련명언〉

"토론할 때 괜한 고집을 부리거나 열광하는 것은 어리석다는 증거다."

_몽테뉴

"가장 맹렬한 논쟁은 양쪽 어디에도 좋은 증거가 없을 때 가능하다."

_러셀(Russell, Bertrand Arthur William. 영국의 철학자)

"논쟁 상대가 될 때, 양자에게 가장 불쾌한 방법은 화를 내고 침묵하는 것이다. 공격하는 쪽은 일반적으로 침묵을 경멸의 표시로 생각하기 때문이다."

_니체

❧ 상사

회사에서 가장 중요한 일은 상사와 좋은 관계를 유지하는 것이다.

_미야자키 가가야키(宮崎:輝. 전 아사히카세이공업 회장)

비즈니스맨에게 자신이 존경하고 신뢰할 수 있는 상사 밑에서 하고 싶은 일을 할 수 있는 것만큼 행복한 일은 없다. 그러한 상황으로 만들려면 상사와의 원만한 관계가 유지될 수 있도록 노력할 필요가 있다. 첫째는 상사의 리더십에 잘 따르면서 상사에게 제안하고 설득하여, 하고 싶은 일의 든든한 후원자가 될 수 있도록 방향을 잡아나가야 한다.

때로는 "단골고객을 꼭 만나주세요"하고 동행을 청하는 것도 일을 능숙하게 진행하는 비결이다.

〈관련명언〉

"상사와 언쟁을 벌이는 것은 좋지 않다. 상사가 자신의 판단에 귀를 기울이게끔 노력해야 한다."

_조지 워싱턴

"상사에게 야단맞는 일만큼 의욕을 감퇴시키는 것도 없다."

_슈왑(Charles Schwab. 미국의 실업가)

❦ 의견

겸손하게 의견을 말하면 상대는 금방 이해하고 반대하는 자도
적어진다.
_프랭클린

프랭클린이 자기 변혁을 위해 취한 방법은 다음 두 가지다.

① 남의 의견에 반대하거나 자신의 의견을 지나치게 단정적으
로 이야기하지 마라.
② 상대가 잘못된 주장을 해도 곧바로 반격해서 상대의 불합리
함을 지적하지 마라.

이 두 가지 사항에 유의하여 실행하려면 자신의 성미를 억제
하느라 꽤나 고생할 것 같지만, 결국 '자신의 실수를 인정하는
것이 그다지 고통스럽지 않고, 상대의 실수를 간단히 인정하게
된다'고 한다.

〈관련명언〉
"남을 불안하게 하는 것은 세상사가 아니라 그것에 대한 의견
이다."

_에피크테토스(Epiktetos. 고대 그리스의 철학자)

"역설은 머리가 좋은 사람의 기호품이자, 천재의 기쁨이다."

_아미엘(Henri-Frdric Amiel. 스위스의 프랑스계 문학자 · 철학자)

✤ 변화

기업은 변화에 등을 돌리고, 그 결과를 감수할 수도 있다. 혹은 기업은 변화를 창조적으로 통제하고, 반대로 이익을 얻을 수도 있다.

_록펠러(Rockefeller, John Davison. 미국의 실업가 · 자선가, 미국의 석유왕)

시대의 변화, 비즈니스 환경에 등을 돌릴 것인가, 아니면 정면으로 받아들여서 창조적으로 도전하고 통제해갈 것인가, 인생이나 기업의 운명도 변화에 대한 자세 하나로 크게 명암을 달리할 수 있다. 아버지가 행상인이었던 록펠러는 1959년, 펜실베이니아에서 석유광맥이 발견되자 현명하게 변화를 감지하고 거침없이 도전함으로써 사업을 크게 발전시켜, 결국에는 세계적인 석유왕이 되었다.

현대는 언제, 어디에서 급격한 변화가 일어날지 아무도 모른다. 이처럼 변동을 계속하는 시대에 적응하여 살아남으려면 어떻게 해야 할까? 그 방법은 다음 세 가지로 생각할 수 있다.

첫째, 개인은 개인 나름대로 조직은 조직 나름대로 그 원점이 되는 장점과 특성을 찾아서 상황의 변화에 따라 무엇을 어떻게 하면 좋은 지를 계속 추구해나가야 한다.

둘째, 개인의 경우 새롭게 필요로 하는 능력은 받아들이고 불필요한 능력은 없앤다. 기업의 경우는 변화에 적응할 수 있도록 조직을 변경하고, 구성원의 능력 평가기준을 새롭게 한다.

셋째, 변화가 발생하고 나서야 급하게 대처하는 일이 없도록 항상 변화하는 상황을 앞서 나가야 한다. 그리고 발생 가능성이 있는 사태의 대응책과 계획, 방침을 준비해둘 필요가 있다.

이 세 가지 방법에 유의하면 록펠러의 말처럼 변화를 창조적으로 통제하고 이익도 얻을 수 있을 것이다.

〈관련명언〉

"변화를 가장 두려워하는 사람은 불행한 사람이다."

_맥루한(Herbert Marshall Mcluhan. 캐나다의 미디어 이론가 · 문화비평가)

"변화는 고통이지만 항상 필요한 것이다. 추억에 나름대로의 힘과 가치가 있다면 희망에도 역시 그 힘과 가치가 있다."

_칼라일(Carlyle, Thomas. 영국의 사상가)

"세상은 변한다. 상당한 기세로 변하기 때문에 어떻게 변할지 재빠르게 파악하여 그 변화에 적응하는 사람이 이긴다."

🌸 과실 · 실수

과실을 옹호하는 태도만으로는 진보의 가능성이 없다.

_처칠(Churchill, Winston Leonard Spencer. 영국의 정치가)

사람이라면 누구나 실수하기 마련이다. 실수는 누구에게나 따라다닌다. 중요한 점은 실수를 저질렀을 때, 어떻게 받아들이고 어떻게 처리하느냐 하는 것이다. 솔직하게 자신의 실수를 인정하고 반성할 것인가? 아니면 계속해서 숨길 것인가? 또는 자신을 옹호하거나 변명을 늘어놓아서 그 자리를 벗어날 것인가? 어떠한 태도를 취하느냐에 따라서 실수가 가지는 의미와, 그 사람의 성장 방법도 달라진다.

실수를 저지르면 누구나 부끄러워한다. 더욱이 그 실수가 매우 심각한 것이라면 더욱 당황한다. 상대가 알아차리지 못했다면 당연히 숨기거나 속이고 싶어지는 것이 사람의 심리다. 그러나 실수가 매우 심각하다면 반드시 사람들에게 알려지게 마련이다. 또한 들통이 났을 때 그에 대한 위험도 크다.

일을 하다가 실수를 저질렀을 때는 솔직하게 인정하고 상사에게 사실을 보고하여 용서를 구하자. 이 때 자기 나름대로의 사후 처리 방책에 관해 보고하고 상사의 지시를 기다린다. 그리고 발생한 마이너스와, 관계 업체에게 끼치는 폐를 최소한으로 줄이기 위해 최선을 다한다. 주위사람들은 그 사람의 적절한 처치와 결과를 기대한다. 그리고 실추된 입지를 회복하려고 노력하는 모습을 지켜보고 있다. 노력하는 모습에서 긍정적인 이미지를 보여준다면 오히려 신용을 쌓게 되는 행운도 기대할 수 있다. 본인도 자신의 실수에서 귀중한 것을 배울 것이며 그것은 참된 교훈으로 남을 것이다. 요컨대 실수를 통해 진보할 수 있는 것이다. 결국 자신이 실수에게 이겼다고도 할 수 있다.

반대로 실수를 감추거나 속이고, 또는 남에게 책임을 전가하고, 옹호나 변명만 늘어놓으면서 반성하지 않는다면 같은 실수를 반복하게 되어 결국은 패배하고 만다. 내가 저지른 실수를 솔직히 인정하고 반성하고, 그 힘든 체험을 통해 배울 수 있는 사람만이 진정으로 진보할 수 있고 마지막에 큰 열매도 손에 쥘 수 있다.

〈관련명언〉

"타인의 실수에서 이 점을 끌어내는 것이 현명한 방법이다."

_테렌티우스(Terentius Afer, Publius. 고대 로마 초기의 희극작가)

"실수를 해도 괴로워하지 않는 사람은 계속해서 실수를 저지르게 된다."

_라로슈푸코(Franois de La Rochefoucauld. 프랑스의 고전작가 · 공작(公爵))

"실수를 저질렀을 때, 어떻게 대처하느냐에 따라 그 사람의 진정한 가치가 결정된다."

_마쓰시타 고노스케

"실수한 것을 고치지 않는 것이야말로 실수다."

_『논어』

❧ 아이디어

모든 사람이 아이디어를 창출하는 능력을 갖고 있다. 그러나 그 힘은 재능과 마찬가지로 훈련하지 않으면 사라지고 만다.

_크로포드(Crawford. 미국의 작가)

좋은 아이디어, 참신한 아이디어를 창출할 수 있다면 직업의 종류나 일의 성질에 관계없이 그 효과를 볼 수 있다.

아이디어는 특별한 재능과 소질을 가지고 태어난 사람들만이 만들어내는 것은 아니다. 미국의 작가, 크로포드가 말했듯이 누구나 훈련을 하면 아이디어를 창출해낼 수 있는 힘을 기를 수 있다. 그 방법은 다음과 같다.

① 평소에 궁리하고 개선하는 데 신경 쓰는 습관을 기른다. 예를 들어 일을 하다가 문제 있는 부분을 발견하면, 그것을 어떻게 고치면 좋을 지 여러 가지로 궁리해본다.

② 아이디어는 결코 무(無)에서는 생겨나지 않는다. 이미 있는 것을 새로운 시점에서 바라보거나, 남이 알아차리지 못한 의외의 방법을 생각할 때 생겨난다. 중요한 것은 그러한 생각을 끝까지 물고 늘어지는 집념이다. 좋은 아이디어가 떠오르는 것은 그 집념에 달려있다.

③ 일을 하다가 어떤 의문을 느꼈을 때, 상사에게 그 해결방법을 물어보기 전에 먼저 스스로 생각해 보라. 그런 후에 상사의 해결방법을 들으면 자신의 아이디어의 어느 부분이 부족한지를 알 수 있다. 그러면 같은 문제가 발생했을 때, 응용력을 발휘하여 보다 나은 아이디어를 얻을 수 있다.

④ 아무리 좋은 아이디어라도 실행에 옮길 수 없는 것이라면 아무런 의미가 없다. 실행하기 위한 조건, 시기, 예산, 팀 편성, 수속 등 현실적인 여러 가지 조건에서 검토해보고, 아이디어의 장점과 단점을 살펴본다. 이러한 사항이 확인되었을 때 아이디어는 실제가 된다.

실제로 사용할 수 있는 아이디어 발견을 위해 주변의 작은 것부터 관심을 갖고 살펴보자.

<관련명언>

"불평하거나 그 불평을 극복할 때 아이디어가 생겨난다."

_오가와 에이치(小川榮一. 도다관광 창업자)

"대부분의 사람들은 더 이상 새로운 아이디어를 떠올리는 것이 불가능하다는 단계에 도달하면 의욕을 상실하고 만다. 이제부터가 시작인데 말이다."

_에디슨(Edison, Thomas Alva. 미국의 발명가)

"하찮은 아이디어라도 종이에 써보자. 훌륭한 아이디어가 생겨난다."

_오즈번(Osborn, Alex F. 미국의 경영평론가·브레인 스토밍(brain storming)의 창시자)

🌸 회의

회의는 형식적인 것보다 꼭 필요한 상황에 하는 것이 좋다.
_드러커

이 말의 앞부분은 "모든 사람들이 연중회의를 하는 조직체는 아무 것도 달성할 수 없는 조직이라고 할 수 있다"라고 되어있다. 대부분의 조직은 회의로 시작해서 회의로 끝난다. 그리고 일반적으로 회의는 전원일치가 아니면 아무것도 결정되지 않는다.

그래서 의사결정이 늦어지고 개성적인 아이디어가 통하지 않게 된다. 회의를 하되 '쓸데없는 회의'나 '불필요한 회의'는 삼가는 것이 좋다. 회의를 할 때는 다음 세 가지가 중요하다.

① 모여서 의논하기 ② 의논해서 결정하기 ③ 꼭 실행하기

〈관련명언〉

"회의에서는 반드시 발언해야 한다. 한마디도 하지 않는 존재감이 미약한 사람이 되지 마라."

_후쿠토미 다로(福富太郎. 난카이개발 사장)

"회의는 참가하는 것만으로도 일을 했다고 착각하게 하는 '마약'과 같다."

_후쿠모토 마사오(福本正雄. 전 세키스이화성공업 사장)

🌼 칭찬

칭찬할 때는 상대의 본질을 어떻게 평가하고 있는가가 중요하다.

_마쓰시타 고노스케

이 말 뒤에 다음과 같은 말이 이어진다.

"그 사람의 본질은 전혀 평가하고 있지 않다. 아무래도 안 되는 녀석이라고 생각하지만, 그래도 칭찬해야하기 때문에 칭찬한다. 그러나 이렇게 되면 결코 칭찬한 것이 아니다."

칭찬한다는 것은 쉬운 것 같지만 상당히 어렵다. 미묘한 어감을 포함하고 있기 때문이다. 잘못 칭찬했다가는 겉치레에 불과한 인사말, 또는 상대의 비위를 맞추고 추종하는 것처럼 받아들여질 수가 있다. 그렇게 되면 호감을 주기는커녕 반감을 갖게 하여 품성까지 의심받을 수 있다.

〈관련명언〉

"인간은 누구나 칭찬받는 것을 좋아한다."

_링컨

"칭찬은 오만한 정신에는 박차(拍車)가 되고, 박약한 정신에는 목표가 된다."

_コルトン 콜튼(영국의 경구가(警句家))

🌸 야단 · 책망

부하를 야단칠 때는 조용하고 자상하게 한다. 그리고 마지막으로 어깨 한 번 두드려주는 것이 최고다.

야단치거나 야단맞는 일은 일상적으로 반복된다. 하지만 양쪽 모두 어렵기는 마찬가지다. 직장에서 아랫사람을 야단칠 때는 상대의 직장에서의 지위와 처지, 역할을 고려해야 한다.

야단을 칠 때 가장 이상적인 방법은 배려와 성의를 갖고 하는 것이다. 그러나 현실적으로 좀처럼 그렇게 되지 않는 것은 야단치는 장소에서 감정 조절을 잘 못하기 때문이다. 따끔하게 충고할 생각이었지만 결과적으로는 거칠게 상대의 실수를 다그치며 분노를 폭발시키는 경우가 적지 않다. 야단치는 일을 하나의 교육으로 생각하고 귀중한 경험으로 만들기 위해서는 '수단과 방법의 잘못은 야단쳐도 인격을 짓밟는 행동을 해서는 안 된다' 라는 규칙을 세워야 한다. 상대를 진심으로 생각하는 마음이 있다면 이러한 규칙을 지키면서 논리 정연하게 야단칠 수 있다. 또한 그러한 일이 얼마나 중요한 지는, 미국의 저명한 경영평론가인 팩커드의 말에서도 알 수 있다.

야단맞는 일도 야단치는 일 이상으로 어렵다. 특히 부모나 교사에게도 좀처럼 야단맞는 일 없이 성장한 젊은 세대들에게 야단맞는 일은 거의 공포에 가깝다. 그래서 감정처리를 제대로 하지 못한다. 충격을 받고 침울해하고, 오히려 원망하는 등의 역효과가 나타나기 쉽다. 야단맞는 사람은 한 번 지적당한 실수는 두 번 다시 반복하지 않도록 항상 주의하는 마음자세를 가져야 한다. 또한 야단맞으면 일을 빨리 배울 수 있어서 일에 익숙해지는데 도움이 된다. 야단치지 않는 상사보다 야단쳐주는 상사를 고맙게 생각하라. 이 세 가지를 지키면 야단맞음으로써 상상 외의 커뮤니케이션이 깊어지고, 비즈니스맨으로서 실력도 쌓아나갈 수 있다.

〈관련명언〉

"야단치는 일은 중요한 교육이고 야단맞는 일은 귀중한 경험이다."

_쓰쓰미 야스지로(堤 康次郞, 세이부그룹 창업자)

"야단맞는 동안은 아직 가능성이 있다. 더 이상 야단맞지 않게 된다면 그야말로 끝이다."

_세시마 류조(瀬島龍三, 전 이토츄(伊藤忠)상사 회장 · 임시행정개혁추진심의회 회장)

"야단쳐야할 때는 야단쳐야 한다. 망설이거나 멋있게 야단치려고 생각하지 말고 소신대로 행동하면 된다."

_마쓰시타 고노스케

🌸 불평 · 불만

현 상태에 불만을 가져라. 불만을 품지 않는 사람은 쓸모가 없다.

_요시다 히데오(吉田秀雄 전 덴쓰사장)

현 상태에 만족하고 현 상태가 유지되기를 원한다면 절대로 불평이나 불만이 생겨나지 않는다. 불평과 불만은 현재의 일이나 지위, 보수에 만족할 수 없기 때문에 생겨나는 것이다.

중요한 것은 그러한 불만을 어떻게 처리하는가하는 점이다. 주위사람들에게 털어놓는 것만으로는 아무런 문제도 해결되지 않는다. 단지 가볍게 보이고 경멸받을 게 뻔하다. 모처럼 현 상태에 불만을 갖고 있어도 문제해결은커녕 자신의 평가를 낮추는 결과로 끝나고 만다.

요시다 히데오는 불만을 진보와 발전의 원동력으로 삼고, 자신의 힘으로 현 상태를 개선하여 만족스런 방향으로 이끌어 나갔다.

〈관련명언〉

"인간은 불평이 없으면 일할 의지를 잃는다. 불평은 에너지다."

_오가와 에이치

"만족을 모른다면 늘 불평이나 불만으로 마음을 어둡게 한다."

_마쓰시타 고노스케

❧ 변명

왜 잘할 수 없었는지 변명하기보다 차라리 일을 정확하게 하는 편이 낫다.

_롱펠로우(Henry Wadsworth Longfellow. 미국의 시인)

사람으로서 능숙해지고 싶지 않은 것 중의 하나가 바로 변명이다. 변명에 익숙해 지다보면 자신이 하고 싶지 않은 일, 잘할 수 없었던 일을 교묘하게 남이나 환경, 조건 탓으로 돌리기 쉽다.

변명은 여러 가지로 사람을 망가뜨린다. 변명을 자주 할수록 자신에 대한 평가를 낮추고, 신용을 잃고 만다.

자신이 하는 일에는 자신감과 책임감을 갖고 임해야 한다. 설령 실수를 저지르더라도 변명을 늘어놓으며 자신의 행위를 정당화하는 일은 그만두자.

〈관련명언〉

"변명은 거짓말보다 더 무섭다. 왜냐하면 변명은 자신을 방어하기 위한 거짓말이기 때문이다."

_포프(Pope, Alexander. 영국의 시인)

"변명을 잘하는 사람 중에 다른 일도 능숙하게 할 줄 아는 사람은 거의 없다." _프랭클린

⚜ 사고

무엇을 하더라도 깊이 생각해서 해결한다. 그것이 나의 일생이다.

_이데미쓰 사조(出光佐三. 이데미쓰흥산 창업자)

이 말의 앞부분은 다음과 같다.

"독서를 제외하고 내게는 한 가지 습관이 생겼다. 그것은 무엇이든지 깊이 생각하는 것이다."

사고는 비즈니스의 실제상황, 사태에 부딪혔을 때 발생하는 과제를 완수하여, 문제를 해결해나가는 게 최선의 방법이다. 그 유효성은 사고를 깊이 하는 만큼 높아진다. 이데미쓰 사조와 같이 깊이 생각해서 해결하는 습관이 몸에 배이면 모든 일은 별탈 없이 진행되고, 성과는 착실하게 쌓여갈 것이 분명하다. 사고는 성공에 공헌하는 가장 기본적이고 중요한 요인이다. 다만

그렇게 하기 위해서는 깊이 생각해서 해결하는 방법과 기술을 터득해야 한다. 과제나 문제의 기본적인 원리를 파악할 수 있을 때까지 사고를 깊이 하는 훈련을 해야 한다.

어떠한 일이라도 깊이 생각하면 하나의 원리를 발견할 수 있다. 그리고 깊이 생각하다보면 그 사고가 객관적이고 논리적으로 올바르게 기능하고 있다는 것을 깨닫게 된다. 여기까지 생각이 닿으면 어떠한 과제나 문제라도 누구나 이해하고 인정하는 형태로 해결할 수 있다. 더구나 직장에서 직면하는 여러 가지 문제의 공통된 원리를 발견하고, 깊이 생각해서 해결하는 재미를 느낄 수 있다. 결국 사고를 깊이 하는 것이 즐거운 습관으로 발전한다. 또한 사고를 깊이 하고 이것을 즐거운 습관으로 만들기 위해서는 일상적으로 자신의 일에 관여되는 지식과 정보를 적극적으로 받아들여 풍부한 경험을 쌓는 노력을 해야 한다.

그렇게 되면 비로소 사고는 진정한 성공을 불러오는 강력한 요인이 되고 무기도 된다.

〈관련명언〉

"사고는 행위다. 더구나 이 세상에 어필할 수 있는 가장 성과 높은 행위다."

_ 졸라(Zola. 프랑스의 소설가)

"모두가 똑같이 생각하는 것은, 아무도 중요하게 생각하지 않는다."

_리프먼(Lippmann, Walter. 미국의 평론가 · 저널리스트)

"인간은 생각하는 노력이 귀찮아서 여러 가지 다른 방법에 의지하려고 한다."

_에디슨

✤ 결단

결단을 내리는 상황에서 최고의 자리는 항상 고독하다.

_드러커

비즈니스와 인생은 결단의 연속이다. 비즈니스도 인생도 결단에 따라 좌우된다. 그만큼 결단을 내릴 때는 고민을 한다. 또한 헤매기도 하고 망설이기도 한다. 결단을 내리는 상황에서는 누구나 고독하지만 리더는 가장 깊은 고독을 느낀다.

제대로 된 결단을 하기란 어려운 일이다. 대개 불확실한 상황과 불충분한 정보를 근거로 최대한 깊이 생각해서 결정해야 하고 이 과정에서 종종 위험도 무릅써야 한다. 결단의 결과가 중요한 만큼 책임감도 크고 용기도 필요하다.

결단을 내리는 방법의 포인트는 다음과 같다. 첫째, 수집한 정보를 장점과 단점의 양쪽 측면에서 확인해본다. 둘째, 해결방안은 상황, 사태를 예상할 수 있는 전개에 따라 세 가지 안으로 작성한다. 이미 몇 가지 안이 있을 때는 각 안의 장점과 단점을 비교, 검토한다. 셋째, 결단을 내렸을 때는 그 결과를 정확하게 파악해서 해결한다. 이러한 포인트를 파악하고 자신의 지식과 실증된 원칙, 경험, 가치관, 직감 등을 모두 동원하여 종합적인 판단을 내린다.

결단에는 뒤처리라는 또 하나의 중요한 측면이 있다. 요컨대 결단을 내리고 실제로 해본 결과가 어떠하였는지 정확하게 확인해야 한다. 결과가 나쁘더라도 고민하지 말고 곧바로 다른 방법을 실행에 옮긴다. 그리고 제대로 진행되지 않은 이유를 다시 한 번 생각해보고 피드백을 한다. 결단, 실시, 전력투구, 결과의 반성……. 이러한 순환을 반복하는 동안에 결단력이 좋아진다. 상황과 정보를 판단하는 눈, 통찰력, 관찰력, 직감, 용기, 책임감, 신념 등이 실감할 수 있을 만큼 늘어나서 비즈니스맨으로서, 한 인간으로서 크게 성장할 수 있다.

〈관련명언〉

"결단은 서둘러라. 꾸물거리는 것이 가장 나쁘다."

_이시다 다이조(石田退三. 전 도요다자동차 회장)

"결단은 빠를수록 좋다."

"너무 조급하게 결정을 내려서는 안 된다. 하룻밤 자고 나면 좋은 지혜가 떠오른다."

_푸슈킨

"모두가 이해하지 않으면 결단을 내릴 수 없다. 결단에 필요한 것은 누구나 고개를 끄덕일 수 있는 과학적인 근거다."

_혼다 소이치로

✤ 컴퓨터

컴퓨터 비즈니스를 지탱하고 있는 것은 인간이다. 하드웨어, 소프트웨어, 어플리케이션웨어의 세 기둥은 우수한 휴먼웨어가 있기 때문에 존재한다.

_노리스(William C. Norris. CDC 창업자)

컴퓨터는 그것을 활용하는 사람들이 인간기술로는 이룰 수 없는 높은 능률을 올리도록 해준다. 또한 명령받은 작업을 빠른 속도로 정확하게, 대량으로, 순종적이며 조용하게 해낸다. 비즈니스의 가치 있고 우수한 파트너, 비서로서 많은 도움을 준다.

그러나 컴퓨터를 능숙하게 사용한다고 해서 반드시 비즈니스의 승자라고 할 수는 없다. 결과적으로 중요한 것은 휴먼웨어를 어떻게 개발하고 적용해나가느냐 하는 것이다.

〈관련명언〉.

"컴퓨터는 지성을 확대할 수 있는 도구다."

_잡스(Jobs, Stieves. 미국의 기업가. 워즈니악(Wozniak, Stives)과 함께 애플의 공동 창업자)

"새로운 전자의 자립은 세계를 지구촌의 이미지로 재창조했다."

_맥루한

chapter 04

••• 고객의 마음을 잡아라

[고객] 고객이 내 가게에 찾아오면 자신을 잊어라. 고객이 왕이기 때문이다.—워너메이커

[영업·판매] 영업에는 예술과 과학, 양쪽 모두 필요하다.—시이나 타케오

[상품·제품] 상품을 취급하는 사람이 구매욕을 느끼지 못하는 상품이라면, 그 상품은 낙제다.—가와카미 가이치

[품질] 품질은 모두의 책임이다.—데밍

[선전·광고] 자본과 제품에 대한 적절한 광고가 이루어졌을 때 비로소 기업은 번창할 수 있다.—시마다 다카야

[홍보] PR의 핵심은 홍보와 고객의 의견수렴이 균형을 이루는 것이다.—우타다 가쓰히코

[서비스] 기업은 고객에게 서비스하는 기관이다.—스타틀러

[유행] 유행은 타인에게 참된 가치보다 겉치레를 하고 싶은 욕망을 불러일으킨다.—존 로크

[신용] 신용이라는 것은 쌓으려고 해서 쌓아지는 것이 아니다.—마쓰시타 고노스케

04

🌸 고객

고객이 내 가게에 찾아오면 자신을 잊어라. 고객이 왕이기 때문이다.

_워너메이커

오늘날의 현대적인 백화점 상법을 뉴욕에서 가장 먼저 성공시킨 워너메이커. 고객 대응의 노련함이 이 짧은 말속에 함축되어 있다. 고객이 등을 돌리면 비즈니스는 성립되지 않는다. 고객은 왕이다. 고객이 다른 기업의 상품, 서비스로 눈을 돌려버리면 그 기업은 망할 수밖에 없다. 고객은 자신들의 기업에 이익과 번영을 가져다주고, 자신과 가족의 생활을 보장해주는 소중한 존재다. 기업 중에서 아무리 지위가 높아도 이 왕에게는 함부로 대할 수 없다. 비즈니스 세계에서는 고객을 우선으로 생각하고, 고객에게 봉사하며, 고객이 무엇을 원하는지를 파악하여 그들을 만족시키기 위해 매일 치열한 승부를 벌이고 있다. 그 전쟁터에서는 고객을 생각하고 행동을 항상 바르게 하며, 최선을 다해 고객에게 헌신한다. 고객에게 호감과 신뢰감을 주지 못하는 기업은 시장에서 뒤처지고 패배하기 마련이다.

고객이 곧 고용주라고 생각하는 견해도 있다. 고객은 그 가게나 기업의 상품, 서비스에 사용하던 돈을 다른 곳으로 옮겨감으로써 평사원에서 사장까지 언제라도 해고할 수 있다. 또한 사원은 기업으로부터 월급을 받는 것이 아니라 고객에게 받고 있다고 해도 과언이 아니다. 그런 의미에서 고객은 왕일뿐만 아니라 진정한 고용주라고 할 수 있다. 고객을 왕이나 고용주로 생각하고 감사와 봉사하는 마음으로 그들을 만족시킬 수 있는지, 바로 이 점이 비즈니스의 성패를 좌우한다고 해도 좋을 것이다.

〈관련명언〉

"우리의 여론은 직접 들은 고객의 소리다. 사람들이 지금 무엇을 생각하고 있는 지는 많은 사람들과 피부로 접해봐야 알 수 있다. 신문이나 잡지로는 알 수 없다."

_쓰쓰미 요시아키

"고객은 매일 새롭다."

_ 초대 · 나카무라키치우에몬(中村吉右門. 가부키배우)

"고객이란 대가를 지불하는 사람이 아니라 구입을 결정하는 사람을 일컫는다."

_드러커

"인간은 잔소리를 싫어하기 때문에 가능하면 잔소리를 듣지 않으려고 한다. 그러나 잔소리를 기쁘게 듣는 마음가짐을 갖는다면 고객의 요구, 아이디어, 그리고 진보된 생각도 파악할 수 있다. 요컨대 잔소리 속에 신제품개발의 아이디어가 있는 것이다."

_호리에 유키오(堀江幸夫. 펜텔 회장)

❧ 영업 · 판매

영업에는 예술과 과학, 양쪽 모두 필요하다. 어느 한쪽도 없어서는 안 된다.

_시이나 다케오(椎名武雄. 일본IBM 회장)

상품 · 서비스를 팔려면 시이나 다케오의 어록처럼 예술과 과학, 둘 중에서 어느 하나라도 빠지면 안 된다.

우선 예술은, 고객의 마음을 사로잡는 데 주로 필요하다. 감동과 정열로 상대에게 호감을 갖게 하여 그 마음을 열게 한다. 그리고 마음의 움직임을 철저하게 파악하여 팔려고 하는 상품이나 서비스를 고객의 일이나 생활에 받아들이게 한다. 그리고 그 상품이 얼마나 편리하고 즐거운지를 보여주고 구매의욕을 불러일으킨다. 이것은 고객의 마음이라는 캔버스에 색채가 풍부한 그림을 그리는 예술행위이다.

과학은, 주로 마케팅에서 위력을 발휘한다. 시장조사, 판매경로 개척, 판매촉진 등의 이론과 실기를 마스터하고 판매방법을 과학적으로 조직화하여 추구해 나간다.

이 양면을 효과적으로 벤치마킹하여 전략적으로 어떻게 대처해나가느냐에 따라서 사업의 성패가 좌우된다.

또한 이 예술과 과학이 현재 효과적으로 움직이며 판매실적에 공헌하고 있다고 해도 습관적으로 계속하는 것은 위험하다. 구매층과 시장은 끊임없이 변화하고 있기 때문이다.

불확실한 구매층과 시장을 확실하게 지켜보고, 변화에 따라서 그 변화를 기회로 만들어 예술과 과학을 전개시킬 수 있는 사람만이 계속해서 높은 이익을 가져올 수 있다.

<관련명언>

"타사 제품을 칭찬하면서 자신의 상품을 파는 방법이 바람직하다. 그것이 판매증진에도 도움이 된다."

_마쓰시타 고노스케

"영업맨은 항상 창고에 쌓여있는 제품을 생각하며 뛰어라."

_쓰카모토 고이치(塚本幸一. 와콜 창업자)

"상품에 관한 뛰어난 아이디어를 10초에 말할 수 있도록 노력하라. 가능한 한 말은 적게 하는 것이 좋다."

_ホイラ一호일러

"사람은 상품만을 팔아서는 안 된다. 자신을 상품으로 팔아라."

_에릭 프롬(Fromm, Erich. 미국의 정신분석학자 · 사회심리학자)

✿ 상품 · 제품

상품을 취급하는 사람이 구매욕을 느끼지 못하는 상품이라면, 그 상품은 낙제다.

_가와카미 가이치(川上嘉市. 전 일본악기(현 야마하) 회장)

낙제상품이라도 판매방법에 따라서는 일시적으로 팔리는 경우도 있다. 하지만 그렇게 하면 고객과 기쁨을 나누거나 이윤을 남겨 회사를 번창시킬 수는 없다. 판매자 스스로 사고 싶다는 생각이 들 정도로 가치 있는 물건을 적정한 가격에 팔고, 고객이 그 제품의 장점과 경제성을 인식할 수 있을 때 비로소 비즈니스는 존속, 발전할 수 있다. 그러기 위해서는 고객의 소리에 겸허하게 귀를 기울이고, 날마다 상품을 개선시키려는 노력을 게을리 해서는 안 된다.

〈관련명언〉

"타사가 모방할만한 상품을 만들어라."

_하야카와 도쿠지(早川德次. SHARP 창업자)

"좀 더 나은 제품을, 좀 더 싼 가격으로, 좀 더 많은 사람들에게!"

_ホイラー 호일러

🏵 품질

품질은 모두의 책임이다.

_데밍(W.E. Deming. 미국의 물리학자 · 응용수학자)

고객은 상품의 가격보다도 품질에 마음이 움직인다. 한 번 사용해 보고 품질이 좋다는 것을 알고 나면 다음 기회에도 그 상품을 찾는다. 제조, 판매하는 기업 측에서 보면 품질에 대한 노력은 신용과 이윤을 가져다준다. 생존을 위한 최고의 자신감은 품질의 평판이 얼마나 좋으냐에 달려있다.

품질은 결코 상품의 속성이 아니다. 그것은 결국 전원의 자각과 노력하는 마음자세에 있다.

〈관련명언〉

"제조사업의 가장 확실한 밑바탕은 품질이다."

_카네기

"품질은 우연히 생기는 것이 아니다. 꾸준한 지적노력의 결과이다."

_러스킨

🏵 선전·광고

자본과 제품에 대한 적절한 광고가 이루어졌을 때 비로소 기업은 번창할 수 있다.

_시마다 다카야(嶋田卓彌. 전 자노메미싱공업 사장)

위 말의 앞부분은 다음과 같다.

"광고만으로 기업이 발전하는 것은 아니다." 시마다 다카야가 파인미싱(자노메미싱공업의 전신)에서 광고에 열을 올리던 시기의 어록이다.

광고는 기업번영의 만병통치약은 아니다. 기업정책, 경영자의 도덕, 제품, 판매, 그리고 적절한 광고가 상호적으로 효과를 올렸을 때 성공할 수 있다.

당시 시마다의 회사는 미국제 싱거미싱의 공세 앞에 고전을 거듭하고 있었다. 싱거미싱 측은 가격을 330엔으로 설정하여 장기 할부를 실시하였고, 소득이 많은 가정을 타겟으로 성과를 올리고 있었다. 그에 비해 시마다 측은 예약특가 120엔으로 싱거미싱보다 훨씬 싼 가격으로 국산제품을 만들어 시장이 큰 서민가정에 매달 5엔씩 지불하도록 하는 할부판매를 실시했다.

그와 동시에 시마다는 제품사진을 함께 실은 신문광고를 내보냈다. 거짓도 과장도 없이 명백하고 성실하게, 그리고 인상적으로 제품을 어필했다. 이 광고는 목표로 삼은 고객층의 마음을 사로잡으면서 판매실적도 호조를 보였다. 이로써 시마다는 사업기반을 다질 수 있었다.

광고를 하지 않아도 제품만 좋으면 구매한다는 경영자도 있다. 그러나 광고는 문자, 영상, 음성에 의한 판매기술이다. 광고를 하지 않으면 그 제품을 원하는 사람에게 신속한 정보를 전할 수가 없다.

시마다가 지적한 바와 같이 적절한 광고는 제품에 관한 정보가 고객에게 신속하게 전해져서 기업에 번영을 가져온다.

〈관련명언〉

"아무리 좋은 제품이라도 만들기만 해서는 팔리지 않는다. 그래서 신문에 광고하기 시작했는데 아주 큰 효과가 있었다. 소비가 줄거나 신제품이 출시되면 광고를 했다."

_도리이 노부지로(鳥井信治郎. SUNTORY창업자)

"아무리 좋은 제품이라도 세상 사람들에게 알리지 않으면 의미가 없다. 광고의 의의는 그 점에 있다."

_마쓰시타 고노스케

"광고비를 아끼는 것은 절약이 아니다. 단지 매출을 감소시킬 뿐이다."

_시게미쓰 다케오(重光武雄. 롯데창업자)

❧ 홍보

PR의 핵심은 홍보와 고객의 의견 수렴이 균형을 이루는 것이다.

_우타다 가쓰히코(歌田勝彦. 아지노모토회장)

우타다 가쓰히코는 계속해서 다음과 같이 말했다.

"정보나 의견수렴을 열심히 하지 않으면 소비자나 지역사회와 좋은 관계를 유지할 수 없다."

모든 광고활동은 소비자와 지역사회의 좋은 관계를 유지하기 위해, 고객들에게 얼마만큼 좋은 이미지를 심어주느냐가 중요하다. 그것에 따라 회사의 운명이 달라진다. 광고는 최고지위자와 홍보담당부서가 하면 그만이라는 생각은 버려라. 전원이 우타다 어록에 있는 홍보마인드를 자각하고, 홍보에 회사의 모든 것이 걸려있다고 생각하여 행동해야 효과를 얻을 수 있다.

구체적인 방법으로는 우선 조직 이미지의 목표를 정하고 관리, 운영을 통일해야 한다. 내부적으로도 충분히 주지시킨다. 매스미디어, 조직미디어(홍보지를 비롯한 인쇄물, 영상, 홍보, 의견수렴집회, 이벤트 등)를 활용할 때에도 정해진 이미지를 통일시키도록 신경 쓴다. 더불어 조직 수준과 개인 수준 양쪽에서도 홍보 마인드를 자각한 비평 능력의 향상에 노력한다. 최근 새로운 능력으로 주목받는 이러한 비평 능력이 조직의 이미지를 좌우한다.

특히 요즘처럼 조직이 여러 가지 위기(긴급사태, 예측불허의 사고, 불상사 등)에 처할 가능성이 있을 때, 사장부터 말단직원까지 사실을 정확하게 파악하고 통일된 견해를 가져야 하며, 조직의 이미지가 훼손되지 않도록 각자의 지위와 역할에 따라 성의 있는 대안을 마련하고 비평해야 한다.

이에 실패하면 일상적으로 아무리 홍보와 의견수렴의 균형 잡기에 노력하고 최선을 다해 PR을 해도 큰 효과를 보지 못할 우려가 있다. 매일 꾸준히 노력하고 위기에 처했을 때 노련하게 대처하는 것이 조직의 이미지를 높이고 신뢰를 쌓는 방법이다.

〈관련명언〉

"회사활동의 정확한 정보를 전하는 것은 회사의 의무다."

_아이비 리(Ivy Lee. 현대 미국 PR의 아버지)

"진정한 기업PR은 기업과 시장·소비자와의 사이에 영원히 지속되는 신뢰관계다. 신뢰를 쌓는 것은 '겸허'와 '성의'다."

_기타노 요시로(北野善朗. 전 니혼빅터 사장)

"PR이나 PA(Public Affairs)는 변화에 대응하는 기술이다."

_コビントン 커빙턴(전 미국PR협회 회장)

🌸 서비스

기업은 고객에게 서비스하는 기관이다.

_스타틀러(E. M. Statler. 근대 호텔의 왕)

기업이 '고객에게 서비스하는 기관'이 되려면 다음 사항에 유의할 필요가 있다.

· 그 서비스는 정말로 고객이 원하는 것인가?

· 매너 있는 말투와 태도로 고객에게 쾌적함, 우월감, 만족감을 주고 있는가?

· 애프터 서비스에 최선을 다하여 구입한 후까지 쾌적함, 우월감, 만족감이 지속되고 있는가?

〈관련명언〉

"고객은 만족하고 있는지, 좀 더 신경 쓸 일은 없는지 생각해 보라."

_구로다 쇼노스케(黑田暲之助. kokuyo회장)

"모든 장사는 팔아서 기쁘고, 사서 기쁘게 해야 한다."

_니노미야 손도쿠

✤ 유행

유행은 일반적으로 외관을 위한 것이다. 유행은 타인에게 참된 가치보다 겉치레를 하고 싶은 욕망을 불러일으킨다.

_존 로크(John Locke. 영국의 철학자)

유행을 지나치게 좇으면 실속은 없고 겉만 번지르르한 사람이 되기 쉽다. 그렇다고 해서 유행을 무시하면 시대감각이 떨어진 보수적인 인간이 되고 만다.

유행에 대한 양극단의 자세 사이에서 어떻게 균형을 잡고 조화를 이룰 것인지, 여기에 소비자로서의 우리의 가치관과 교양이 나타난다.

로크의 말은 확실히 진리지만, 유행이 시대의 새로운 감각과 활기를 표현하고 있다는 일종의 진리를 함부로 경시할 수는 없다.

〈관련명언〉

"유행은 여성의 것이다. 둘 다 변덕스럽기 때문에 서로 어울린다."

_베버(Weber, Max. 독일의 사회주의자)

"유행을 피하는 것은, 유행을 좇는 것만큼 강도가 약하다."

_라 브뤼예르

신용

신용이라는 것은 쌓으려고 해서 쌓아지는 것이 아니다.

_마쓰시타 고노스케

위의 말 뒤에 다음과 같은 문장이 이어진다.

"그 사람이 성실하게 자신의 맡은 바 임무에 최선을 다할 때 신용은 자연히 얻어지는 것으로, 쉽게 생겨나는 것은 결코 아니다."

비즈니스 사회는 신용이 있어야만 성립이 되고, 또한 신용에 따라 움직인다. 신용을 얻어야만 이 사회에서 성공할 수 있다. 신용은 의도적으로 단기간에 쌓을 수 있는 것도, 돈으로 만들 수 있는 것도 아니다. 마쓰시타 어록에 있는 것처럼 성실하게 자신의 맡은 바 임무에 꾸준하게 노력할 때 자연히 자신의 몸에 배는 것이다.

〈관련명언〉

"돈으로 신용을 사려고 하지 마라. 신용으로 돈을 만들려고 생각하라."

_데미스토크레스(Themistokls. 고대 그리스의 군인 · 정치가)

"한 번 신용을 쌓으면 진로와 미래는 스스로 열릴 것이다."

_버크(Edmund Burke. 영국의 정치가 · 평론가)

chapter 05

••• 좋은 인간관계와 팀워크를 다진다

[회화·대화] 이야기를 잘할 수 있는 첫째 요소는 진실, 둘째는 양식, 셋째는 좋은 기분, 넷째는 기지다.—템플

[협조·공동] 타인과 사이좋게 일할 수 없는 사람은 집단생활에서 가장 골치 아픈 사람이다.—이시바시 마사지로

[책임] 사람은 자신의 문제를 환경 탓으로 돌려서는 안 된다.—슈바이처

[의무] 인생에서 가장 중요한 것은 내 의무를 다하는 것이다.—로맹 롤랑

[성의·성실] 사람은 성의를 갖고 대하면 상대의 마음까지도 사로잡을 수 있다.—마쓰다 이사오

[겸허·겸손] 누구나 겸허한 사람을 좋아한다. —톨스토이

[예의] 예의는 처세술, 얼굴을 만드는 마음—미즈노 리하치

[감사] 일을 하면서 감사하는 마음만큼 소중한 것은 없다.—나가노 시게오

[약속] 이 세상은 사람과 사람의 약속 위에 성립된다.—마쓰시타 고노스케

[충고] 충고는 하얀 눈과 같아서 조용히 내릴수록 마음속 깊이 스며든다.—힐티

[질투] 질투를 두려워하면 큰일을 할 수 없다.—야마사키 다네지

[분노] 화를 낼 때는 크게 내도 좋다.—내즈 가이치로

[거짓말] 진실 같은 거짓말은 해도 거짓 같은 진실은 말하지 마라.—도쿠가와 이에야쓰

:

05

✤ 회화 · 대화

    이야기를 잘할 수 있는 첫째 요소는 진실, 둘째는 양식, 셋째는 좋은 기분, 넷째는 기지다.

    _템플(Temple, William. 정치가 · 저술가)

    대인관계에서 가장 소중한 것은 대화다. 대화를 잘하기 위한 요소를 템플은 간단하고 정확하게 표현했다.

    첫째, 남에게 거짓을 이야기해서는 안 된다. 항상 진실을 이야기해야 한다. 간단한 것 같지만 상당히 어렵다. 이야기하다보면 자신도 모르게 허위를 말하거나 과장하기 쉽다. 첫째 요소인 진실을 이야기하려고 노력한다면 성실하고 거짓 없는 사람으로서 호의를 얻을 수 있고, 좋은 인간관계를 유지할 수 있다.

둘째, 보통 사람들이 공통으로 갖는 감각, 지성, 이성을 기반으로 한 양식을 갖춘다. 이 양식에 따라 사람들 사이에서 주고받는 이야기의 내용 하나 하나에 냉정하고 정확한 반응과 판단을 할 수 있고, 인격에 대한 공감과 신뢰도 얻을 수 있다.

셋째, 기분 좋게 이야기한다. "기분 좋게 이야기한다는 것은 사회에서 입을 수 있는 최상의 의상 중 하나다"라고 영국의 작가, 새커리(William Makepeace Thackeray. C. 디킨스와 함께 19세기 영국문학을 대표하는 소설가)도 간파하고 있다. 밝고 명랑하게, 기분 좋게 이야기한다면 대화는 즐거운 분위기 속에서 이루어질 것이다.

넷째, 임기응변으로 재빨리 기지를 발휘한다. 그러면 상황에 변화를 주어서 대화가 즐거워진다.

이러한 네 가지 요소를 천성적으로 대화에 살릴 수 있는 사람은 그다지 많지 않다. 일상적으로 사람들과의 교류 속에서 체험을 통해 가능해진다. 집단생활, 사회생활에서 사람들과의 대화는 빼놓을 수 없다. 적당히 할 수도 없다. 대화를 통해 서로 공감하고, 이해하고, 좋은 인간관계를 유지함으로써 자신도 성장할 수 있다.

대화의 비결을 터득하고 대화능력을 연마하면 대인관계가 지금보다 훨씬 나아진다. 일하는 데에도 반드시 도움이 될 것이 틀림이 없다.

〈관련명언〉

"친구의 자유로운 이야기는 어떠한 위로보다도 나를 기쁘게 한다."

_흄(Hume, David. 영국의 철학자)

"만나서 직접 대화하는 것이 악감정을 없애는 최상의 방법이다."

_링컨

"사람들과의 대화가 없는 생활은 불가능하다."

_카뮈(Albert Camus. 프랑스의 작가 · 평론가)

"대개 인간끼리의 대화의 반은 진실이고 반은 거짓말이다."

_이시카와 다쓰조

❧ 협조 · 공동

한 개인으로서 아무리 우수하더라도 타인과 사이좋게 일할 수 없는 사람은 집단생활에서 가장 골치 아픈 사람이다.

_이시바시 마사지로

  어떤 회사나 직장도 조직으로 움직이고 팀워크로 이익을 내려고 한다. 그래서 전체의 이익을 위해 개인이 회사에서 서로 협조해서 자신이 맡은 바 역할을 충분히 다해 일해야 한다. 서로 사이좋고 유쾌하게 일을 할 수 있을 때, 조직의 일의 능률은 높아지고 전체 균형을 깨는 일 없이 목표를 달성할 수 있다.

  다만, 협조를 위해 주위와의 조화를 지나치게 의식한 나머지 소극적이 되어 경쟁심을 잃어버린다면, 조직이나 개인도 활력을 잃고 더 이상 진보도 기대할 수 없다.

〈관련명언〉

  "경제와 협조라는 이율배반의 자세를 상황에 따라 구분해야 한다."

_가네오 미노루(金尾 實. 전 일본강관사장)

  "신이 인간을 다양하게 만드신 이유는 서로 도와가며 살게 하기 위해서다."

_세네카(Seneca, Lucius Annaeus. 고대 로마제정기의 스토아 철학자)

❧ 책임

사람은 자신의 문제를 환경 탓으로 돌려서는 안 된다.

_슈바이처(Schweitzer, Albert. 프랑스의 의학자 · 철학자 · 과학자)

슈바이처는 이 말 뒤에 다음과 같이 논하고 있다.

"그리고 다시 자신의 의지와 신념, 윤리의 영역에 대한 책임을 단련하는 것을 배워야 한다."

업무상의 문제를 자신의 책임으로 생각하고 확실하게 인정할 때 기백이 생기며 판단과 행동도 명확하고 적절해진다. 어중간하게 책임을 느끼면 모든 것에 관해 소극적으로 대응하기 쉽고, 두려움과 불안감으로 성과도 제대로 거두지 못한다.

일은 책임의 연속이다. 책임을 회피하는 것은 일에서 도망치는 것을 의미한다.

〈관련명언〉

"모른다는 핑계는 결코 책임을 소멸시키지 않는다."

_러스킨

"나는 그 원인에 책임을 느낀다. 책임은 그 상황에 비례한다."

_윌슨(미국 28대 대통령)

❧ 의무

인생에서 가장 중요한 것은 내 의무를 다하는 것이다.

_로망 롤랑(Romain Rolland. 프랑스의 작가)

일상적인 직장에서는 팀의 상사가 내리는 지시와 명령이 계속해서 새로운 의무로 주어진다. 그 의무를 자신이 책임지고 최대한의 효과와 효율을 추구하여 완수해낸다. 그 집적(集積)과 총화(總和)가 팀의 업적이 되고, 기업이 발전하는 원동력이 된다.

지위가 오르고 역할이 중대해지면 그만큼 권리와 의무도 커진다. 그리고 의무를 훌륭하게 다할 수 있다면 의무는 곧 기쁨과 보람으로 바뀐다.

〈관련명언〉

"의무는 아침에 우리와 함께 일어나고, 밤에는 우리와 함께 잠이 든다."

_글래드스톤(Gladstone. 미국의 화학자)

"행위가 클수록 의무도 커진다."

_키케로

❦ 성의 · 성실

사람은 성의를 갖고 대하면 서로 마음이 통하여 상대의 마음까지도 사로잡을 수 있다.

_마쓰다 이사오(松田伊三雄. 전 미쓰코시 사장)

마쓰다 이사오가 미쓰코시(三越) 오사카지점의 차장으로 있을 때의 일이다. 부하가 고객을 소매치기로 오해하는 바람에 해당 고객은 지점장의 이름으로 사과문을 써줄 것을 요구했다.

고객은 이발소 주인으로 자신의 결백을 증명하기 위해 가게 입구에 그 사과문을 붙이겠다고 했다. 마쓰다는 부하의 책임을 지고 20일 동안 하루도 쉬지 않고 이발소를 찾아가서 머리를 자르고 면도를 했다.

그의 성의는 결국 주인의 마음도 움직였다. 마침내 주인은 "사과문 대신에 미쓰코시 포스터를 갖고 오시오. 가게에 붙여드리겠소"라고 말했다. 마쓰다는 훌륭하게 위기를 넘겼다.

〈관련명언〉

"'성의'는 어떠한 어려움도 뛰어넘을 수 있는 최대의 무기다."

_가미다니 쇼타로(神谷正太郎. 전 도요다자동차 판매회장)

"남의 탓으로 돌리지 말고 내 성의가 부족한 탓을 하라."

_사이고 다카모리(西鄕隆盛. 정치가)

⚜ 겸허 · 겸손

사람들은 겸허한 사람을 좋아한다. 그런데 왜 겸허한 사람이 되려고 하지 않는 걸까?

_톨스토이(Tolstoi, Lev Nikolaevich. 러시아의 소설가 · 사상가)

현명한 사람은 자신의 한계를 자각하기 때문에 겸허해질 수 있다. 겸허의 의미가 그저 사양하고 겸손한 동작이나 태도만을 일컫는 것은 아니다. 자신의 한계와 부족함을 깨닫고 모든 사람에게서 배우려고 하는 마음자세가 가장 중요하다.

톨스토이의 말처럼 이렇듯 진정으로 겸허한 사람은 누구에게서나 사랑을 받는다. 그런데 왜 좀처럼 겸허해질 수 없는 것일까? 그것은 겸손함보다도 늘 자만심, 허영심, 자부심이 이기기 때문이다.

〈관련명언〉

"겸손은 힘에 바탕을 두고 오만은 무력에 바탕을 둔다."

_니츠(독일의 저술가)

"고민만이 정확한 의미에서 사람을 겸허하게 만든다."

_ 힐티(스위스의 법학자 · 철학자)

❦ 예의

예의는 처세술, 얼굴을 만드는 마음

_ 미즈노 리하치(水野利八. MIZUNO창업자)

예의범절은 구체적으로 말투와 행동, 동작에서 나타난다. 남을 존경하는 마음이 말투나, 행동, 동작에서 자연스럽게 배어 나온다면 가장 이상적이라고 할 수 있다. 예의범절이 인간관계의 윤활유로서 직장의 상하관계, 고객과의 관계에서 자연스런 형태로 나타나면 모든 관계가 원만해진다. 미즈노 리하치의 말 그대로다.

그런데 현실적으로는 예의범절을 지키지 못하는 사람들로 인해 비즈니스 세계에서 감정적인 마찰이 자주 생겨난다. 이는 일의 능률을 악화시켜 결국 사업상 낭패를 보기 쉽다.

〈관련명언〉

"예의범절은 인간관계를 부드럽게 하는 사회생활의 '윤활유'

다.”

_마쓰노 고노스케

“대부분의 젊은이는 무례함을 천진난만한 것으로 착각하고 있
다.”

_라 로슈푸코

✤ 감사

일을 하면서 감사하는 마음만큼 소중한 것은 없다.

_나가노 시게오(永野重雄. 전 일본상공회의소 회장)

일은 여러 사람들의 도움을 받아야만 제대로 할 수 있다. 아무
리 머리가 좋고 능력 있는 사람도 자신의 힘만으로는 할 수 있는
데 한계가 있다. 다른 사람의 협력과 지원을 받으며 일을 한 가
지씩 완수할 수 있는 것이다.

이렇듯 많은 사람들에게서 받은 여러 가지 도움에 대해 늘 감
사하는 마음을 가지는 것이 중요하다. 나가노 시게오의 말은 이
러한 소중함을 다시 한번 깨닫게 해준다.

우리는 평소에 감사하는 마음을 잊고 산다. 더구나 은혜를 입
는 것에 익숙해져서 당연한 것으로 간주해버린다. 그리고 그러

한 사실조차 깨닫지 못할 때가 많다.

그러나 감사의 마음을 잃어버린 인간은 점차 주위의 협력이나 도움을 얻을 수 없다. 그렇게 되면 큰일을 해낼 수 없다. 아무리 시간이 흘러도 비즈니스 세계에서 더 이상 뜻을 이룰 수 없다.

주위 사람들로부터 받는 여러 가지 도움과 은혜를 잊지 않기 위해서도, 감사의 마음을 겉으로 표현하기 위해서도 "고맙습니다.", "정말 감사합니다."라는 이 두 마디를, 따뜻한 마음으로 기분 좋게 말하는 습관을 몸에 익히자. 이 두 마디는 자신의 비즈니스 세계를 있게 해주는 사람들을 소중히 하는 마음을 단적으로 표현하고 있다. 말하는 사람의 마음과 듣는 사람의 마음을 부드럽게 해준다.

감사의 마음을 잊지 않고 "고맙습니다.", "정말 감사합니다."를 입버릇처럼 말할 수 있다면 훌륭한 비즈니스맨으로 성장할 수 있다. 주위사람들이 그렇게 만들어 준다.

〈관련명언〉

"오늘의 나의 성공은 부하사원과 고객의 덕택이다. 정말 고맙게 생각한다."

_마쓰시타 고노스케

"대부분의 사람들은 사소한 의리는 지키려 하고, 그러한 의리에 대해서는 감사하는 마음을 가진다. 그러나 정작 큰 은혜에 대해서는 모른 척하는 사람이 많다."

_라 로슈푸코

"감사하는 마음을 가지는 자는 풍성한 수확을 얻을 수 있다."

_블레이크(William Blake. 영국의 시인 · 화가)

❀ 약속

이 세상은 사람과 사람의 약속 위에 성립된다.

_마쓰시타 고노스케

약속에는 법률로 정해진 약속과 직장에서 정해진 약속, 불문율로 정해진 약속, 그리고 개인적으로 주고받은 약속 등 여러 가지가 있다. 사회와 조직, 비즈니스에서 이러한 약속은 각자가 확실하게 지킨다는 암묵 속에 성립된다.

약속을 깨면 사회나 직장의 질서와 조화, 인간관계가 엉망이 되고, 많은 사람들이 피해를 입는다. 그 대가는 반드시 자기 자신에게 되돌아온다. 사회적, 대인관계에서 소중한 신용을 잃고 하는 일도 제대로 진행할 수 없기 때문에 결국 큰일을 해낼 수가 없다.

"너무 많은 약속과 기대를 하는 사람은 모두 자신을 해칠 수 있다."

_레싱(Gotthold Ephraim Lessing. 독일의 극작가 · 평론가)

"사회 질서를 지키는 방파제는 인간이 약속을 지키는 것이다."

_아유카와 요시스케(鮎川義介. 닛산 콘체른 창시자)

❧ 충고

충고는 하얀 눈과 같아서 조용히 내릴수록 마음속에 깊이 스며든다.

_힐티

충고는 하는 것도 듣는 것도 매우 어렵다. 왜냐하면 솔직하고 겸허하게 듣지 못하기 때문이다. 우선 충고를 할 때는 '무엇을 이야기할까?' 라는 생각이 떠오르고, 충고를 들을 때는 '당신이 상관할 일이 아니야' 라고 반발하고 싶어진다.

최근에는 욕먹을 것을 감수하면서까지 충고를 하는 사람이 별로 없다. 직장 상사도, 부모님도 가급적이면 충고를 피하면서 그것이 마치 자상함이라 여기는 경우가 많다.

그만큼 충고는 귀중해졌다고 할 수 있다. 충고는 겸허하게 귀를 기울이면 자신에게 많은 도움을 준다. 무언가 분명히 얻을 것이 있다.

〈관련명언〉

"좋은 약은 입에 쓰다. 충고는 귀에 거슬리지만 그것에 따른다면 반드시 도움이 된다."

_『공자가어(孔子家語)』(공자의 언행과, 문인과의 문답, 논쟁을 기록한 책)

"충고는 조용하게, 칭찬은 크게."

_シルス 시루스

❦ 질투

어느 시대, 어느 사회를 막론하고 질투는 있다. 질투를 두려워하면 큰일을 할 수 없다.

_야마사키 다네지(山崎種二. 야마다네증권 창업자)

경쟁원리가 움직이는 비즈니스 사회에서는 질투가 끊이지 않는다. 질투는 사람의 가치나 평판이 높아지고 행복해지는 것을 시기하는 마음으로, 증오나 적의를 함께 품는 것을 말한다.

남과 비교하여 질투심에 심리적 에너지를 쓸데없이 소모시켜서 자신을 불행하게 느끼기보다, 질투를 경쟁심으로 승화시켜서 실력을 쌓고 내면을 충실하게 해보자. 그리고 자신이 두각을 나타내어 남에게 강한 질투를 받는 처지가 되었을 때는 더욱 정진하여 남의 시기를 사지 않도록 각별히 말과 행동에 주의한다.

〈관련명언〉

"질투는 항상 타인과의 비교에서 생겨난다. 비교를 하지 않으면 질투도 없다."

_베이컨

"질투심이 전혀 없이 친구의 성공을 기뻐할 수 있는 강한 성격의 사람은 없다."

_아이스킬로스(Aiskhylos. 고대 그리스의 3대비극시인 중의 한 사람)

⚜ 분노

화를 내지 않고 세상을 살 수는 없다. 화를 낼 때는 크게 내도 좋다.

_내즈 가이치로

분노는 일시적으로 사고를 빼앗는다. 분노가 갖는 격렬한 에너지가 냉정한 판단을 흐리게 한다. 분노에 몸을 맡기고 나서 후회하는 것은 바로 이 때문이다.

비즈니스 세계에서 분노를 느낄 때가 많다. 화를 내야 할 때는 크게 내도 좋다. 다만 그 분노는 앞뒤 가리지 않는 돌발적인 것이어서는 안 된다. 화를 내야 한다면 그 분노로 인해 무언가 가치나 효과를 낼 수 있을 때여야 한다.

〈관련명언〉

"분노는 무모하게 시작되어, 후회와 함께 끝난다."

_피타고라스(Pythagoras. 그리스의 철학자 · 수학자)

"분노를 극복한다는 것은 최대의 적과 싸워 이기는 것이다."

_시루스(미국의 사회학자)

❀ 거짓말

진실 같은 거짓말은 해도 거짓 같은 진실은 말하지 마라.

_도쿠가와 이에야쓰(德川家康. 일본 에도막부〔江戶幕府〕의 초대 장군)

모든 거짓말이 나쁜 것은 아니다. 악의 없는 거짓말은 때로 사려 깊은 거짓말로서 용서받기도 한다. 상대에게 충격을 주지 않기 위해, 또는 살아갈 용기를 주기 위해 상대를 배려하여 사실을 숨기고 하는 거짓말, 즉 이에야쓰가 말하는 '진실 같은 거짓말'을 해야만 할 때가 바로 그렇다. 이런 거짓말은 상대를 위해 거짓말이 악이 아니라 선이 될 수도 있다는 판단이 섰을 때 비로소 가능하다.

〈관련명언〉

"모든 나쁜 일은 거짓말에서 시작된다."

_드라이든(John Dryden. 영국의 시인 · 극작가 · 비평가)

"예로 든 이야기는 어디까지나 가상이기 때문에 결코 거짓이라고는 할 수 없다."

_버나드 쇼

🌸 험담 · 중상

침묵이 험담에 대한 최상의 대답이다.

_워싱턴

누구나 험담을 피하기는 힘들다. 험담에는 질투, 증오, 원망, 의심이 포함되어있다. 자신에 대한 험담에 화를 내며 맞서 싸우면 상태만 더욱 악화된다.

가장 현명하게 대처하는 방법은 워싱턴이 가르쳐 준대로 침묵이다. 험담을 하는 사람들이 있어도 무시하고, 묵묵히 일에 최선을 다 하다 보면 언젠가는 그들도 더 이상 험담을 하지 않게 된다.

〈관련명언〉

"남의 험담을 하면 반드시 부메랑이 되어 자신에게 돌아온다는 것을 명심하라."

_プラウタス 프라우터스(로마의 희극작가)

"중상모략에는 무죄인 사람조차 용기를 잃고 만다."

_나폴레옹

🌸 소문

소문은 모두 위험하다. 좋은 소문은 질투를 불러오고, 나쁜 소문은 굴욕을 가져온다.

_フラー 홀라(영국의 신학자·경구가)

사내의 인사이동, 연애, 트러블, 스캔들과 같은 소문일수록 재빠르게 퍼진다. 우리는 보통 자신에 관한 좋은 소문은 자신에게 도움이 될 것이라고 생각한다. 그러나 다른 사람들도 자신과 함께 순수하게 기뻐해 줄 것이라고 생각한다면 그것은 큰 오산이다. 남이 잘되는 것을 보고 배 아파하지 않을 만큼 마음이 너그러운 사람은 그다지 많지 않다. 영국의 신학자, 훌라는 이러한 인간의 이기주의를 간파하고 있었다.

〈관련명언〉

"소문은 추측, 질투, 상상에 의해 소리 나는 나팔이다."

_셰익스피어

"소문은 강물과 같다. 강의 상류는 좁지만 하류로 갈수록 넓어진다."

_본(Vaughan. 영국의 편집자)

⚜ 비평 · 비판

비평할 때는 자기 자신을 비평하고 판단한다.

_ブーブ 브브(프랑스의 시인 · 평론가)

비평에는 그것을 말하는 사람이 품고 있는 혐오와 불만족 등이 투영되어있다. 그러므로 어떤 사람에게서 비평을 받았을 때는 그 내용을 깊이 되새겨보고 고쳐나가는 것이 좋다.

지금보다 좀 더 융통성 있게 상대의 의견을 받아들이고, 좋은 관계를 유지하면서 심리적으로도 성장할 수 있는 계기가 된다.

〈관련명언〉

"머리가 좋은 사람은 비평가로는 적합하지만, 행동하는 사람으로는 부적합하다."

_데라다 도라히코(寺田寅彦. 물리학자, 문학가)

"비평은 건설이 아니라 관찰이다."

_カーチス 커치스(미국의 수필가)

🌱 웃음

웃는 것은 인간의 본성이다. 즐겁게 살자.

_라블레(Francois Rabelais. 프랑스의 인문학자 · 작가)

웃음은 삶의 활력소다. 다른 사람을 즐겁게 하고 기쁘게 해줄 뿐만 아니라, 자신도 즐거워지고 용기도 북돋우어 준다. 긴장감과 스트레스를 해소하고 활력을 찾게 해주는 데 웃음만큼 좋은 것은 없다.

오늘날과 같이 각박한 경쟁사회 속에서 밝은 웃음은 소중한 마음의 약이자, 살아가기 위한 '정신적 도구'이기도 하다. 하루에 한 번은 다른 사람들과 함께 마음 밑바닥에서부터 우러나오는 웃음을 웃어보자. 아주 즐겁고 유쾌한 기분이 될 것이다.

〈관련명언〉

"많이 웃는 사람은 행복하고, 많이 우는 사람은 불행하다."

_쇼펜하우어(Schopenhauer, Arthur. 독일의 철학자)

"인간은 흥미 있는 것을 접할 때 그 성격이 가장 잘 나타난다."

_괴테

🌱 유머

유머가 없는 하루는 가장 외로운 날이다.

_시마자키 도손(島崎藤村. 작가)

많은 사람들에게 유머가 부족하다고 한다. 회사에서도 건전하고 고상한 유머가 있다면 딱딱한 사무실 분위기는 한층 밝아지고 즐거워진다.

유머감각은 자신 스스로 객관시하고, 자신을 웃음의 대상으로 삼을 수 있는 겸허함과 용기, 지혜에서 생겨난다. 또한 유머가 있는 직장생활은 회사 전체의 능률향상으로 이어진다. 조금씩이라도 유머를 익혀나가자.

〈관련명언〉

"매사에 모순을 느끼는 사람은 유머를 이해하는 사람이다."

_체스턴

"유머감각을 기르는 데 천박함은 필요하지 않다."

_로저스(Rodgers. 영국의 경제학자)

🌼 침묵

말해야 할 때를 아는 사람은 침묵해야 할 때도 안다.

_아르키메데스(Archimedes. 고대 그리스 최대의 수학자 · 물리학자)

무언가 이야기하려다가 다시 생각해보고는 침묵을 했는데, 한참 후에 그 때 이야기하지 않기를 참 잘했다고 생각할 때가 있다. 누구나 이런 경험이 있을 것이다. 화가 나거나 또는 괴로워서 더 이상 참을 수 없는 일이 생겼을 때 그때의 기분대로 말로 내뱉기 전에 우선 침묵하는 것이 좋다. 그리고 기뻐서 가슴이 터질 것 같을 때도 가능하면 주위사람을 배려하여 일단 침묵하는 것이 좋다.

사람들과 원만한 관계를 유지하려면, 아르키메데스의 말처럼 말해야 할 때와 침묵해야 할 때를 잘 구분해야 한다.

〈관련명언〉

"침묵은 어리석은 자의 지혜, 현명한 자의 미덕이다."

_보나르(Bonnard, Pierre. 프랑스의 화가)

"때를 얻은 침묵은 지혜이며, 그것은 어떤 웅변보다도 낫다."

_플루타르코스(Plutarchos. 고대 로마의 그리스인 철학자 · 저술가)

chapter 06

••• 경영과 기업에 정통하다

[기업·회사] 인간도 기업도 앞을 향해 걷지 못하면 그것으로 끝이다.—도요타 에이지

[사업·경영] 경영은 천지자연의 이치에 따라 세상 사람들의 소리에 귀를 기울이고, 회사 내의 사원들의 지혜를 모아 일을 추진한다면 반드시 성공한다.—마쓰시타 고노스케

[전략·전술] 딱 한 가지만 공략하는 작전이야말로 중소기업의 전략이다.—오니쓰카 기하치로

[선견·예측] 미래를 예상하는 가장 신뢰할 수 있는 방법은 현재를 이해하는 것이다.—존 네이스비츠

[자본] 기술연구에 대한 정열과, 서로 신뢰할 수 있는 인간관계는 가장 큰 자본이다. —혼다 소이치로

[빚] 빚이라고 해서 모두 나쁜 것만은 아니다.—이시자카 다이조

[예산] 수입과 지출의 뒷받침이 되지 않는 일은 절대로 시작하지 않는다.—고바야시 이치조

[이익] 사회가 공평하다고 인정하는 장사를 성실하게 운영하는 가게는 자연히 번창한다.
—소바 아이조

[조직] 자신의 조직을 신뢰하라—이스트만

[경쟁] 일은 자신의 많은 것을 걸고 하는 것이기 때문에 서로 나쁜 감정은 없어도 일선에서 격전을 벌이는 것은 당연한 일이다.—이우에 토시오

[숫자] 숫자는 항상 보편적인 타당성과 객관성을 대표한다.—오가와 히로시

⋮

06

❧ 기업 · 회사

인간도 기업도 앞을 향해 걷지 못하면 그것으로 끝이다.

_도요타 에이지(豊田英二. 전경제단체연합 부회장)

도요타 어록처럼 도요타 에이지도, 도요타자동차도, 장래에 대한 전망을 내다보고 현 상태 타파와 혁신을 꿈꾸며 앞을 향해 나아감으로써 진보와 발전을 거듭할 수 있었다. 기업은 경영자의 재능 이상은 크지 못한다고 한다. 경영자는 기업을 성장시키려면 우선 자신의 재능부터 키워야 한다.

도요타 에이지의 노력의 핵심은 Just in Time의 생산관리방식이었다. 이른바 JIT라 불리는 이 생산관리방식은 생산라인의 공정에서 적정량을 유지하고, 적절한 속도로 무리 없이 생산을 지속하기 위해 필요할 때에 필요한 양만 만드는 것이다. 즉, 필요한 것을 필요한 양만큼만 현장에 준비하는 방식이다. 이 방식의 채용으로 종래의 집중제어방식에 따른 계획 생산, 정해진 수량만큼의 생산 재료·부품의 창고, 재고관리의 낭비가 해소되었다.

이 방식을 처음 생각해낸 사람은 도요타 사키치(豊田佐吉)의 아들이며, 도요타자동차의 창업자인 기이치로(喜一郎)였다. 에이지는 사키치의 동생 헤이키치(平吉)의 아들이며, 기이치로는 그의 사촌형이다. 기이치로는 이러한 합리적인 이론에 따라 공장을 설계했지만 관련회사와 하청회사가 이해해주지 않았고, 전쟁시에 군부의 의견도 결국 실현할 수 없었다.

전후, 에이지는 기이치로의 뜻을 이어 합리적 대량생산시스템의 확립을 목표로 삼았다. 마침내 1962년에 이 시스템을 완성시켰다. 1960년, 에이지는 기이치로의 주선으로 미국의 포드사를 방문하여 두 달 동안 승용차의 생산기술과 생산관리방식의 연수를 받았다. 1967년, 그는 사장으로 취임하여 도요타자동차를 세계적인 자동차로 발전시켜 나갔다.

〈관련명언〉

"회사의 번영은 경영자가 결정하는 것도, 회사가 결정하는 것도 아니다. 사회가 결정해준다."

_마쓰시타 고노스케

"기업의 고경제성 추구는 기업경영의 부단한 합리화를 촉진하는 것이다."

_이시자카 타이조(石坂泰三. 전경제단체연합 회장)

"기업이 건강체가 되려면 우선 성장해야 한다."

_슬론(Sloan, Alfred Pritchard. 제너럴모터스(GM)사를 세계 최대 기업으로 키운 미국의 실업가)

❀ 사업 · 경영

경영은 천지자연의 이치에 따라 세상 사람들의 소리에 귀를 기울이고, 회사 내의 사원들의 지혜를 모아 일을 추진한다면 반드시 성공한다.

_마쓰시타 고노스케

마쓰시타 고노스케는 '천지자연의 이치'에 관해 다음과 같이 말했다.

"자연의 이치는 생성하고 발전하는 성질을 갖고 있으므로 이 이치에 따른다면 반드시 성공한다. 성공하지 못하는 것은 자신에게 너무 연연하거나 무언가에 집착하여 자연의 이치를 따르지 않기 때문이다."

사람들은 그가 천지자연의 이치를 따르게 된 것은 학교를 다니지 않아서 학문이나 지식에 의지할 수 없었기 때문이라고들 한다. 만일 그가 학교를 다녔다면 경영이론이나 경영기술로 해결했을까?

그는 주위사람에게 의견을 구하고, 사회나 자연, 그리고 우주로 생각을 돌리기도 했다. 어떠한 것에도 집착하지 않고 솔직한 심정으로 판단 기준을 구했다. 마쓰시타는 "나는 경영을 단지 경영이라는 하나의 틀 안에서만 생각하지 않는다. 나는 항상 그 틀을 벗어나서 우주나 자연을 생각하고, 거기서 얻은 내 나름대로의 결론을 경영에 응용한다."라고 말했다.

그는 돈벌기에만 급급한 사업은 결코 발전할 수 없다고 한다. 이는 그가 말한 천지자연의 이치에 어긋난 경영이기 때문이다. 마쓰시타는 사업의 궁극적인 목적을 인간의 행복에 두었고, 좋은 물건을 싸게 많이 만드는 것을 삶의 보람이자 사명으로 여겼다.

자연의 이치에 따른다고는 하지만 사업경영이 결코 쉬운 것은 아니다. 그러나 세상 사람들의 목소리에 귀를 기울이고 회사 내의 사원들의 지혜를 모아 일을 추진한다면 반드시 성공할 것이다. 이러한 신념을 가지고 어려운 문제를 하나씩 풀어 나가보자.

〈관련명언〉

"사람을 믿고, 시대에 뒤처지지 않고, 아이디어를 존중하는 것, 바로 이것이 내 경영의 3대원칙이다."

　_혼다 소이치로

"예로부터 사업을 하려면 적절한 타이밍과, 사람들과의 원만한 관계 유지가 중요하다고 한다."

　_아유카와 요시스케

"돈을 벌려는 생각만으로 사업을 시작하면 결코 성공할 수 없다."

　_홀(Hall. Hallmark Cards사 창업자)

🌸 전략 · 전술

딱 한 가지만 집중 공략하는 작전이야말로 중소기업의 전략이다.

　_오니쓰카 기하치로(鬼塚喜八郎. 아식스창업자)

위의 오니쓰카어록은 다음 문장으로 이어진다.

"약육강식의 시대에 생존하려면 자기만의 색깔로 강자와 대항해야 한다."

원래 군사용어였던 전략, 전술이라는 말이 기업과 경영 분야에 이용되기 시작한지 30년 정도밖에 지나지 않았다. 하지만 오늘날에는 누구나 일반적인 일에까지 전략(전술)이라는 말을 사용하고, 전략적(전술적)인 사고, 판단, 행동을 하려고 시도한다.

즉, 조직 혹은 개인의 목적을 달성하기 위해 그 순서나 절차를 최대한 파악하고, 그 실현을 위해 판단해서 행동하는 것이다.

요컨대 전략(전술)은 성공의 한 방식으로, 목적을 달성할 때까지 판단하고 행동하기 위한 도구라고 할 수 있다.

전략은 목적달성까지 일정기간동안 변하지 않지만, 전술은 처한 상황에 따라 변화한다. 전략적으로는 타협과 후퇴를 하지 않지만, 전술적으로는 타협과 후퇴도 가능하다.(물론 전략과 전술은 맞닿는 부분이 있다.) 이는 일상의 비즈니스 활동을 하면서 체험을 통해 자주 보고 듣는다.

전략을 실전적으로 적용할 때 중요한 것은 한 가지만 집중적으로 공략하는 것이다. 이것이 바로 '전략의 요인'이다. 한 가지 종목에 총력(경영자원, 개인적인 능력)을 기울이면 그만큼 효율적으로 상황이 유리해지고 종합적으로 목적까지 달성할 수 있다.

전략을 가장 효과적인 도구로 이용하는 방법은 한 가지 종목만을 채택하여 집중 공략하는 것이다.

<관련명언>

"장사의 비결은 비가 오면 우산을 쓰듯이 당연한 일을 적절한 때에 적절하게 실행하는 것이다."

_마쓰시타 고노스케

"우리의 전략은 1을 가지고 10에 대적하는 것이고, 전술은 10을 가지고 1에 대적하는 것이다."

_마오쩌뚱(毛澤東. 중국의 정치가 · 공산주의 이론가)

"전략은 체계적인 수단이며, 지식의 실전 응용이다."

_몰트케

❧ 선견 · 예측

미래를 예측하는 데 가장 신뢰할 수 있는 방법은 현재를 이해하는 것이다.

_존 네이스비츠(J. Naisbitt. 미국의 미래학자 · 기업컨설턴트)

비즈니스의 성공을 바라는 자에게, 미래를 예측할 수 있는 발상과 통찰력을 갖추는 것은 상당히 중요한 일이다. 왜냐하면 비즈니스에서는 그러한 발상과 통찰력에 바탕을 둔 직감이 필요하기 때문이다. 예측이 없는 계획이나 결단만큼 비즈니스에 해로운 것은 없다. 이것은 개인이나 조직이나 마찬가지다. 개인과 조직 모두 그 나름대로 미래를 예상하고, 비즈니스를 어떻게 전개할지 계획하여 판단하고 결단을 내려야 한다.

그러나 미래는 예측하기 힘들만큼 불확실하다. 그러나 전혀 희망이 없는 것은 아니다. 네이스비츠가 그의 저서 《메가트랜드》에서 말한 것처럼 '현실을 이해하도록 노력하라'는 방법도 미래를 예측하는 데 유력한 수단이 될 수 있다.

문제는 현실을 이해하는 방법이다. 과거에서 현재까지의 흐름을 바탕으로 현실을 이해하려고 하는 한, 아무리 현재를 관찰하고 생각해도 3년, 5년, 10년 후의 모습은 보이지 않는다.

미래를 예측하기 위한 현실의 이해는, 미래의 자신과 조직의 상황을 상상하고, 여러 가지 계산과 상상에 의해 그 모습을 그려내고, 그것을 밑바탕으로 현재의 자신과 조직의 모습을 관찰하고 검토하여 새로운 평가를 내리는 것이다.

그렇게 그려본 미래 자신과 조직의 모습을 떠올려 현재를 새로운 관점으로 충분히 이해하여 현재의 부족한 부분을 적절하게 수정한다. 한 번뿐만 아니라 계속적으로 미래의 모습에서 현재를 이해하고, 현재에서 미래의 모습을 수정하는 작업을 반복한다.

이렇게 하면 네이스비츠의 방법은 확실하게 신뢰할 수 있어서, 앞을 내다보며 비즈니스를 성공시킬 수 있다.

<관련명언>

"새로운 눈으로 3년, 5년, 15년 앞을 내다보라. '3·5·15'의 앞을 내다볼 수 있다면 장래에 대한 전망은 한층 높아질 것이다."

_이시바시 노부오(石橋信夫. 야마토하우스공업 창업자)

"선견지명은 문제의식을 갖고 잘 관찰해야만 그 힘을 발휘할 수 있다."

_오야마 우메오

"모든 상인은 세상보다 한 발 앞서나갈 필요가 있다."

_핫토리 긴타로(服部金太郎. 핫토리시계점(현SEIKO)창업자)

⚜ 자본

기술연구에 대한 정열과, 서로 신뢰할 수 있는 인간관계는 가장 큰 자본이다.

_혼다 소이치로

위의 말은 다음 문장으로 이어진다.

"최초의 자본금은 100만 엔이었다. 실로 작은 금액이었다."

자본이란 사업을 하기 위한 돈이라고 생각하기 쉽지만, 돈만이 자본은 아니다. 또한 생산수단과 노동력을 자본으로 보는 경우가 있지만, 결코 그것만이 아니다. 상품·서비스, 주식, 정보, 특허권과 같이 사업을 움직이고 이윤을 발생하는 힘을 발휘하는 것은 모두 자본이다. 또한 혼다 소이치로의 말처럼 '기술연구에 대한 정열'과, '서로 신뢰할 수 있는 인간관계'와 같은 정신, 또는 그러한 움직임이 사업추진의 강한 에너지원이 되고, 이윤을 낳는 요소가 될 때, 그것은 비로소 고유의 자본이 된다.

따라서 자본=자금이 없기 때문에 사업을 시작할 수 없다는 말은 통용되지 않는다. 자본은 그 사람에게 신용이 있으면 자연스럽게 모이기 마련이다. 결국 신용도 훌륭한 자본 중의 하나라고 할 수 있다.

또한 어떤 독창적인 기업화를 할 수 있는 기술을 개발하고, 자금원조자를 얻을 수 있다면 그 기술도 자본이 될 수 있다. 그리고 사업을 시작한 후에 다양한 시련을 인내하며 이겨내고 훌륭하게 이익을 창출한다면 그 인내력 역시 자본이라고 할 수 있다. 자본이 없기 때문에 사업을 할 수 없다는 것은 자신의 무능력함과 의욕이 없음을 보여주는 변명에 지나지 않는다.

중요한 점은 무엇을 가지고 자신의 자본이라고 하는가하는 문제다. 무엇이 자본으로서의 힘을 갖으며, 어떻게 하면 그 자본을 사업경영에 활용하여 이윤을 창출하느냐 하는 것이다. 자본을 단순히 돈이라고 생각하는 사람은 자본이 적으면 큰 사업을 할 수 없다고 생각한다. 하지만 반드시 많은 자본을 투자해야만 대

규모의 사업을 펼칠 수 있는 것은 아니다. 자금의 액수보다도 다른 것을 자본으로 삼아 자금을 활용·운용하고, 종합적인 자본력을 발휘하여 사업을 확장하여 성공으로 이끄는 것이 가장 바람직하다.

〈관련명언〉

"자본은 눈사람이다. 굴릴수록 커진다."

_울워스(Frank W. Woolworth. 울워스대형마트의 창업자)

"처음보다 더 많은 자본을 바라는 사람은, 어리석은 장군을 많이 원하는 것과 같다."

_《家職要道》

"자본은 보다 많은 부를 얻기 위해 제공되는 부의 일부이다."

_마샬(Marshall. 영국의 경제학자)

❧ 빚

빚이라고 해서 전부 나쁜 것만은 아니다.

_이시자카 다이조

빚은 비즈니스와 생활에서 생각을 달리할 필요가 있다. 금융

기관으로부터 비즈니스의 자금을 빌리는 것은 비즈니스맨으로서의 머리와 실력을 연마하고 단련시키는 데 도움이 된다. 이자가 붙는 돈을 소중하게 사용하고 진지하게 사업에 몰두하여 이익을 창출하는 과정에서 많은 것을 배울 수 있다. 그러나 생활비를 남한테 빌리는 일은 가급적 피하라. 상대가 이해한 상태에서 반드시 갚을 수 있는 만큼의 금액만을 빌려야 한다. 그리고 약속한 기일에 정확하게 갚아야 한다.

〈관련명언〉

"빚은 사람을 구속하고, 채권자에게 일종의 노예가 되어버린다."

_프랭클린

"돈은 빌려서도 안 되고 빌려주어서도 안 된다. 돈을 빌려주면 돈도 잃고 친구도 잃는다."

_셰익스피어

❧ 예산

수입과 지출의 뒷받침이 되지 않는 일은 절대로 시작하지 않는다. 일을 시작하기 전에 반드시 세밀한 예산 계획을 세운다.

-고바야시 이치조

위의 고바야시 어록은 다음 내용으로 이어진다.

"그 예산에 어디까지 책임을 질 수 있으며, 예산이 실행가능한지 등을 철저하게 확인한다."

예산을 세우려면 세밀한 조사와 계획아래 준비를 해야 한다. 이 단계를 충분히 검토하지 않으면 수입과 지출상의 실수를 범하게 되어 전혀 현실성이 없는 일이 되어 버린다.

예산이란, 일을 착수할 때 그 수를 세밀히 살펴 그 경리의 테두리를 적절하게 설정하고, 수입과 지출이 확실한 계획아래 일을 시작하기 위해 세우는 것이다.

〈관련명언〉

"예산을 경시하고 어떻게 만족할만한 결산을 얻을 수 있겠는가?"

_고토 게이타

"규제된 예산대로 실행할 수 있는 기업은 안정되고 튼튼한 기업이다."

_하야카와 도쿠지

❦ 이익

사회가 공평하다고 인정하는 장사를 성실하게 운영하는 가게
는 자연스럽게 번창한다.

_ 소바 아이조(相馬愛藏. 나카무라야창업자)

비즈니스에서는 이익을 창출해야만 한다. 비즈니스에서 이익
을 얻고, 그 이익으로 비즈니스를 발전시켜서 이익과 비즈니스
양쪽을 모두 확대해나갈 때 비즈니스맨은 기쁨과 일하는 보람을
느낄 수 있다.

그리고 그 이익은 적정한 것이어야 한다. 부당하게 이익을 취
하면 일시적으로는 비즈니스가 성공할 지 모르지만 결코 오래가
지 않는다. 적정선의 기준은 고객이 정하고, 전체적으로는 사회
가 정한다. 폭리를 취하는 비즈니스는 일시적으로 번창할지는
몰라도 결국은 세상사람들의 비난을 받고 사업에 실패하기 마련
이다. 세상사람들이 적정하다고 인정하는 이윤을 취하여 연간
큰 이익을 낼 수 있는 장사라면 신용도 얻고 안정된 사업을 할
수 있다.

눈앞의 이익만을 노리지 마라. 아무리 빠른 시일 안에 이익을
얻을 수 있는 거래라고 해도 나중의 일을 생각하지 않고 일을 진
행한다면 생각지도 못한 위험이나 문제를 일으키기 쉽다. 앞을

내다보고 대국적인 견지에서 대처하는 것이 바람직하다.

또한 이윤을 많이 내려고 지나치게 조바심을 내다보면, 아무래도 회사중심, 자기중심의 비즈니스로 치우치기 쉽다. 항상 고객이 기뻐하고, 고객에게 환영받고, 고객이 만족하는 상품제조와 서비스자세로 임한다면 결국은 이윤이 많아질 수밖에 없다.

판매자와 구매자가 서로 기뻐할 수 있는 비즈니스관계가 이루어졌을 때 적정한 이익이 생기고, 비즈니스 활동도 자연스럽게 활발해진다. 나카무라야(中村屋)의 창업자인 소바 아이조는 이러한 체험을 통해 위와 같은 말을 하나의 원칙으로 삼았다.

〈관련명언〉

"천하의 자본을 사용하고, 천하의 국민을 이용하여 사업을 하면서 이익을 내지 못한다면 벌을 받아 마땅하다."

_마쓰시타 고노스케

"이익을 내는 것이 악덕이라는 말은 사회주의자의 생각이다. 나는 진정한 악덕은 손실을 내는 것이라고 생각한다."

_처칠

"사업을 하려면 먼저 남에게 베풀어라. 그러면 반드시 큰 이익이 되어 돌아올 것이다."

_이와사키 야타로

✿ 조직

자신의 조직을 신뢰하라
_이스트만(Eastman. 미국의 이스트만 코닥사 창업자)

질서 있고 통일된 조직은 훌륭한 일을 해낼 수 있다. 그것은 각 구성원이 공통적인 이념과 정신을 밑바탕으로 하나의 목표를 향해 모두가 일치단결하여 자신의 업무에 최선을 다했을 때 나타나는 성과다.

이처럼 조직을 효과적이고 능률적으로 움직여서 뛰어난 성과를 올리려면 조직을 잘 아는 기획자가 능력을 발휘하여 훌륭한 조직을 만들어야 한다. 또한 이스트만이 말한 대로 그 조직 안에서 일하는 구성원은 자신의 조직을 전폭적으로 신뢰하고 서로 협력하며 일할 필요가 있다.

좀 더 구체적으로 생각해보자. 기획자가 조직을 만들 때, 먼저 조직의 도표를 만들어서 사원을 그 안에 집어넣는 것이 아니라, 우선 실력이 있는 사원의 재능과 개성을 생각하여 서로의 장단점을 보완하고, 각자의 장점이 상승효과를 가져올 수 있도록 조직의 도표를 만든다.

그 방법이 덧셈으로 끝나지 않고, 역동적인 곱셈이 되도록 고심하고, 종합적인 힘이 최대가 될 때까지 노력한다. 그렇게 해야만 강인한 조직을 만들 수 있다.

그러면 조직 안에서 일하는 사원은 어떨까? 각자가 조직이 발휘할 수 있는 비범하고 종합적인 힘과 훌륭한 성과에 신뢰를 가지고 적재적소에서 자신의 능력과 개성을 발휘한다. 그리고 하나의 목표를 향해 서로 협력하며 일을 할 때 보람을 느낄 수 있다.

이렇게 해서 조직을 만들고, 실력 있는 경영진과 함께 일하는 사원이 상호신뢰를 바탕으로 각자 맡은 바 업무에 최선을 다할 때, 비로소 일심동체의 강력한 조직이 완성된다.

〈관련명언〉

"보통사람에게 비범한 일을 시키는 것이 조직이다."

_ベバリッジ 베버리지(Beveridge. 미국 정치가)

"씨실과 날실이 서로 잘 교차될 때 비로소 튼튼한 천이 완성되듯이 기업조직도 상하관계 외에 동료 간의 긴밀한 협조가 필요하다."

_나가노 시게오

"승부가 필요할 때는 혼성부대를 편성하라."

_가와카미 데쓰지(川上哲治. 전 요미우리교진감독)

169

❦ 경쟁

일은 자신의 많은 것을 걸고 하는 것이기 때문에 서로 나쁜 감정은 없어도 일선에서 격전을 벌이는 것은 당연한 일이다.

-이우에 토시오(井植歳雄, SANYO전기 창업자)

이우에 토시오 어록에서 지적하는 것처럼 일을 할 때는 격렬한 경쟁 원리가 움직인다. 격전과 경쟁이 두려워서 도망친다면 결국 패배자가 되고 말 것이다.

사람과 사람, 조직과 조직은 경쟁정신을 발휘함으로써 진지하게 생각하고, 에너지 넘치는 행동을 할 수 있다. 인간은 경쟁 원리가 없는 장에서는 필요한 것과 정해진 것 이외에는 하지 않는다.

경쟁을 적극적으로 받아들여 맹렬히 맞서 나갈 때 힘이 넘치고, 창의력도 생겨나고, 지혜도 나온다. 그리고 개인과 조직도 활성화되어 발전할 수 있다. 소비자 측에서 볼 때 기업끼리 서로 경쟁하면 상품·서비스의 질이 더 좋아지고 가격 역시 내려간다. 또한 한 회사의 독점에 따른 강압적인 폭리로부터 보호받을 수도 있다. 회사가 서로 경쟁하는 것은 소비자 측에서 볼 때는 무척 반가운 일이다.

경쟁심리가 제대로 작용한다면 개인수준이나 조직수준에서

서로를 쓰러뜨리는 일 없이 각자가 각자의 조직에 최상의 것, 최적의 것을 가져다 줄 수 있다. 그것이야말로 경쟁의 참된 목적이다.

그러나 경쟁은 사람을 자극하고 보다 향상된 진보를 만들어내지만, 경쟁이 지나치면 물건의 파괴로 이어진다. 또한 경쟁의 일선에서 여러 가지 말썽과 다툼, 언쟁 등도 생겨난다. 그러한 상황이 발생했을 때는 협력정신을 발휘하여 서로 조정해나간다. 또다시 그러한 사태가 발생하지 않도록 서로 협력하면서 경쟁하는 것이 비즈니스의 규칙이자 사회 규칙이다.

경쟁과 협력을 확실하게 구분하여 서로 노력할 때, 성공을 보다 크고, 보다 확실한 것으로 만들 수 있다.

〈관련명언〉

"경쟁상대를 칭찬하되 결코 흉을 봐서는 안 된다."

_ベトガー 베트거(미국의 세일즈맨)

"물론 경쟁은 사람들을 자극하고 보다 나은 진보를 낳지만, 그것이 지나치면 물건 파괴로 이어진다."

_마쓰시타 고노스케

"경쟁과 경쟁심은 구분해서 생각해야 한다."

_이네야마 요시히로(稻山嘉寛. 전 경제단체연합회장)

❧ 숫자

숫자는 항상 보편적인 타당성과 객관성을 대표한다.

_오카와 히로시(大川 博. 전 도에이사장)

사업을 할 때는 고객과 시장의 실태와 움직임을 파악하고, 숫자로 정리하여 알기 쉽게 표현하도록 한다. 그러면 비즈니스의 전체적인 상황을 객관적으로 정확하게 파악할 수 있고, 숫자가 말해주는 내용을 이해함으로써 적절한 대처를 할 수 있다.

사업은 숫자다. 숫자화 함으로써 사업의 실적, 성과, 문제점이 명확하게 드러나므로 계획도 세우기 쉽다.

다만 숫자 그 자체를 지나치게 맹신하고 빠져들면 안 된다. 무엇을 어떻게 숫자화한 것인지, 그 근거와 과정이 중요하다.

〈관련명언〉

"주산과 멀어지면 경제는 없다."

_후쿠자와 모모스케(福澤桃介. 실업가)

"숫자를 비즈니스에 응용해야 한다."

_록펠러

⚜ 적

적이 없는 자는 멸망한다.

_ 노무라 류타로(能村龍太郎. TAIYO공업 회장)

개인이나 조직도 적이 있어야 활력이 생긴다. 반발심이나 적개심은 100의 힘, 130의 힘, 140의 힘도 밀어 올릴 수 있다.

다만 개인과 조직도 실력이나 세력이 서로 막강한 훌륭한 적을 선택해야 한다. 그리고 때로는 이기기도 하고, 또 때로는 패하기도 하면서 서로 우열을 가리기 힘든 싸움을 정정당당하게 전개해나간다. 그리고 각자 상대보다 탁월한 것, 우세한 분야에 힘을 기울여서 독자적인 제품을 만들어 겨뤄보는 것이다. 그러면 자신을 지키면서 실력도 향상되므로 얼마든지 함께 번창할 수 있다.

〈관련명언〉

"한 명의 적도 만들 수 없는 사람은 한 명의 친구도 만들 수 없다."

_ 테니슨(Tennyson, Alfred. 영국 시인)

"자기 자신을 제외하고 최대의 적은 한 명도 없다."

_ 록펠러

❦ 계획

계획의 속도를 두 배로 하면 아마 이길 수 있을지도 모른다. 그
러나 세 배로 하면 반드시 이긴다.

_가자토 겐지(風戸健二. 전 JEOL전자(일본전자) 상담역)

기업 간의 경쟁이 날로 치열해지는 오늘날, 사전에 확실한 목
표를 정하고, 효과적, 효율적으로 기한을 정하여 사업을 펼쳐나
가야 한다. 이 때 가장 필요한 것이 바로 계획이다.

사업은 목표에 따라서 먼저 계획을 세우고, 계획에 따라서 실
시하여 끝난 단계에서 그 성과와 결과를 검토하고 반성함으로써
하나의 서클이 종료된다. 계속해서 사업을 전개하여 발전 · 향상
시키려면 이 서클을 빨리 움직인다.

〈관련명언〉

"계획과 희망의 일치만큼 사람과 삶을 굳게 연결해주는 것은 없
다."

_키케로

"다시 바꿀 수 없는 계획은 나쁜 계획이다."

_シルス 시루스

chapter 07

••• 여유 있는 생활을 즐겨라

[생활] 생활을 즐기는 것은 미덕이 되어야 한다.-사지 케이조

[습관] 자신이 원하는 대로 습관을 자유롭게 가질 수 있는 자는 인생에서 많은 것을 얻을 수 있다.-미키 기요시

[교양] 교양이 있는 사람은 관대하고 자상하며 겸손하다.-체호프

[건강] 사람의 성공과 실패의 경계선은 첫째로 건강이다.-고토 게이타

[친구·우정] 돈을 만들기보다 친구를 만들어라.-야마구치 히토미

[여가] 여가는 뭔가 유익한 일에 쓰이는 시간이다.-프랭클린

[취미·오락] 오락은 꽃, 일은 뿌리다.-エマ?ソン 엠머슨

[술·음주] 함께 술을 마시면 한 달 안에 서로를 이해할 수 있다.-나가노 시게오

[운동?스포츠] 적당한 운동은 몸을 건강하게 한다.-아리스토텔레스

[수면] 수면은 장시간을 필요로 하지 않는다. 짧은 시간이라도 숙면을 취하면 된다.-이시자카 다이조

[금전] 돈이 소중한 것은 그것을 올바르게 얻어 올바르게 사용하는 것이 어렵기 때문이다.-카네기

[여행] 여행은 출장과는 다르다. 여행에는 기품과 개성, 독자성이 있다.-스타인벡

[연령] 젊음은 나이만으로 판단하는 것이 아니라 가슴에 열정이 얼마나 있느냐로 결정된다.-가시야마 준조

[정년?퇴직] 근로자는 정년퇴직할 때가 오면 명해진다.-보부아르

07

 생활

생활을 즐기는 것은 미덕이 되어야 한다.

_사지 게이조(佐冶敬三. SUNTORY사장)

매일 반복되는 일상생활 속에서 가장 중요한 것은 안정이다.
고민이 없고 평온한 생활을 즐길 수 있어야 한다.

독신자도, 유부남도 자신의 매달 수입으로 의식주 등의 모든
생활비를 꾸려 나가야 한다. 절대로 자신의 경제 능력 이상으로

무리하지 마라. 자신의 처지에 맞는 생활에 만족하지 못하고 겉치레를 즐긴다면 생활비가 수입이상으로 늘어나서 결국 생활은 파산하고 만다.

생활이 파산하면 일에도 악영향을 미친다. 일에 대한 의욕은 물론, 새로운 아이디어 구상에 대한 집중력도 떨어지고 원만한 인간관계를 유지하기 위한 배려도 사라진다.

매달 생활비의 수입과 지출에 관한 계획을 확실하게 세우고 가계부도 꼼꼼하게 기록한다. 이 기록을 습관화하면 생활비라는 개인 경제를 적절하게 관리할 수 있다. 이 관리능력은 비즈니스라는 기업을 유지하는 데에도 플러스로 작용한다. 왜냐하면 개인이나 기업이 모든 비용을 기록하는 이유는 예산감각을 기르고 결산연구를 하기 위한 것이기 때문이다. 여기에는 반성이 뒤따른다. 불필요한 지출을 반성하는 등의 금전 사용 능력을 기르면 개인 경제, 기업 경제 모두 진보할 수 있다.

생활이 안정되면 다음으로 생활을 즐겨라. 일에서 애정과 즐거움을 발견할 수 있는 사람은 생활에서도 그것을 발견할 수 있다. 그런 사람은 인생을 두루두루 즐길 줄 아는 사람이다.

사지 게이조의 말처럼 생활을 즐기는 것은 미덕이 되어야 한다. 생활을 즐기는 것을 미덕으로 삼고, 일상생활에서 즐거움과 기쁨을 만끽해보자.

<관련명언>

"내적인 생활을 갖지 않는 사람은 환경의 노예나 다름없다."

　_아미엘

"사람에게 유일하게 진정한 생활은 남이 결코 살지 않는 생활이다."

　_와일드(Wild. 영국의 작가 · 시인)

"낭만주의가 인간사회에서 완전히 사라진다면 우리의 인생은 얼마나 삭막할까?"

　_고야마 고로(小山五郎. 전 사쿠라은행 명예회장)

✤ 습관

　자신이 원하는 대로 습관을 자유롭게 가질 수 있는 자는 인생에서 많은 것을 얻을 수 있다. 습관은 기술적인 것이므로 자유롭게 할 수 있다.

　_미키 기요시(三木 淸. 철학자)

　위의 미키 기요시의 말에는 습관에 관한 실천적이고 유익한 사고와 방법이 나타나 있다. '습관은 기술적인 것'이라는 새로운 인식을 통해 다양한 연구와 노력이 가능하다.

예를 들어 아침 일찍 일어나는 습관을 기르고 싶을 때는, 그것을 기술화하기 위해 이미 그 습관이 몸에 배인 사람의 연구와 노력을 참고하여 자신에게 맞는 방법으로 익힌다. 특히 처음 단계에서 습관은 기술적인 것임을 염두에 두고, 하나의 기술을 익힌다는 생각으로 시도한다. 그러는 동안에 아침 일찍 일어나는 것에 대한 만족감과 기쁨, 쾌감 등을 온몸으로 느낄 수 있다. 그리고 마침내 습관적으로 새벽에 자연스럽게 침대에서 일어나는 자신을 발견할 수 있다.

좋은 습관이나 나쁜 습관이 자연스럽게 몸에 배어버리는 것은, 그 습관에서 나름대로의 만족감과 기쁨, 쾌감을 발견했기 때문이다. 그리고 습관은 기술이라는 새로운 각성을 가져옴으로써 어떤 의도나 목적을 갖고 특정한 습관을 만들어 낼 수도 있다.

앞으로의 인생에서 스스로 성장하기 위해 필요한 습관, 바람직한 습관은 무엇인지 한 번 생각해보고 메모해보자. 그리고 습관은 기술이므로 자신의 의지와 노력에 따라서 얼마든지 자유롭게 가질 수 있다는 인식아래 확실하게 몸에 익힌다면, 인생에서 더욱 많은 것을 이루고, 충실하고 재미있는 삶을 살 수도 있지 않을까?

〈관련명언〉

"사람은 무언가 한 가지 습관을 지니는 것이 좋다. 그 습관에 따라 즐거울 때는 그 즐거움이 배가 된다. 또한 우울할 때는 마음을 달래주기도 한다."

_괴테

"습관은 성질의 10배 이상의 힘을 지니고 있다."

_웰링턴(Wellington, Arthur Wellesley. 영국의 군인 · 정치가)

"가족은 습관의 학교다. 부모는 습관의 교사다. 이 습관의 학교
는 교육의 학교보다도 보람 있고 실제적인 효과를 얻을 수 있다."

_후쿠자와 유키치(福澤諭吉. 사상가 · 교육가)

 교양

교양이 있는 사람은 관대하고 자상하며 겸손하다.

_체호프(Chekhov, Anton Pavlovich. 러시아의 소설가 · 극작가)

평소에 일에 쫓겨서 너무 바쁜 나머지 마음의 여유를 잃기 쉬
운 현대인은, 교양을 쌓는 데 태만해지기 쉽다. 일의 성과, 실적
을 올리는 일도 분명히 중요하지만, 그것만으로는 진정한 비즈
니스맨으로서 행복해지거나 대성하기는 힘들다. 교양을 폭넓게
하여 여유 있는 마음과 인간성을 갖추면 다른 사람의 인격도 존
중할 줄 아는 너그럽고 겸손한 인격자가 될 수 있다. 더불어 스

스로 일과 인생, 인간을 깊이 생각하는 계기를 마련해준다.

〈관련명언〉

"교양이 없는 곳에 행복은 없다. 교양이란, 먼저 부끄러워할 줄
아는 것이다."

_다자이 오사무(太宰 治. 소설가)

"교양은 배양(培養)이다. 우선 생활의 대지에 정착하려는 뿌리가
있어야 한다."

_와쓰지 데쓰로

🌸 건강

사람의 성공과 실패의 경계선은 첫째로 건강이다. 그 다음으로
는 열정과 성실함이다. 체력이 있고 열정과 성실함만 있으면 반
드시 성공할 수 있다.

_고토 게이타

인생의 승부를 결정하는 중요한 요소는 건강이다. 건강하지
못하면 열정과 성실함만으로 일을 하거나, 의욕적인 생각을 실
천에 옮기는 것도 정작 중요한 순간에 하지 못하기 때문이다. 게

다가 마음의 건강과 양식을 유지하는 것도 신체가 건강했을 때 가능하다. 건강관리에 있어서 첫째는 적당히 균형 잡힌 식사, 둘째는 운동, 셋째는 충분한 수면, 넷째는 술, 담배 등의 절제다.

〈관련명언〉

"건강을 잃으면 재능도 소용없다. 건강관리는 중요한 일 중의 하나다."

_마쓰시타 고노스케

"건강한 사람은 자신의 건강을 잘 알지 못한다. 아픈 사람만이 자신의 건강을 안다."

_칼라일(Carlyle, Thomas. 영국의 사상가)

🌸 친구 · 우정

돈을 만들기보다 친구를 만들어라. 5년 동안에 다섯 명의 친구를 만들 수 있다면 대단한 것이다. 10년 동안에 열 명의 친구를 얻는다면 천하무적이다.

_야마구치 히토미(山口 瞳. 작가)

경쟁원리가 지배하는 직장에서는 좀처럼 친구 만들기가 쉽지 않다. 친구라고 생각했던 상대에게 자신도 모르는 사이에 출세에 이용되거나, 믿고 이야기한 기획이나 정보를 도둑맞기도 하고, 뒤에서 중상모략을 당하는 경우도 많다.

단순히 마음이 맞는 동료와 같은 취미를 가진 동료, 술친구는 있어도 서로 마음을 터놓고 이야기 하거나 서로 격려하고 도와주며 같이 기뻐할 수 있는 친구는 좀처럼 만들기 힘들다. 무언가 자신에게 이득이 있으면 다가오지만 별 이득이 없다고 생각하면 가차 없이 떠나버리는 것이 현실이다. 그만큼 사회에서 우정을 서로 주고받을 수 있는 친구를 사귀는 일은 쉽지 않은 일이다. 나오키상 수상작가 야마구치 히토미는 적극적으로 친구를 만들 것을 권한다. 진정한 친구가 있다면 확실히 멋있는 인생이 펼쳐질 것이 틀림없으므로 노력해볼 가치가 있다.

다만 속 깊은 친구관계를 유지하려면 친밀함에 너무 익숙해지거나 자기중심적인 행동에 빠지지 않아야 한다. '친한 사이일수록 예의를 지키라'는 말처럼, 무엇이든지 상대의 처지에서 먼저 생각해야 한다. 너무 안심하고 이기적인 행동을 취한다면 우정의 끈은 순식간에 끊어져 버린다. 타산적이지 않고 순수하게 서로 도울 수 있는 관계가 오래 지속된다면 그 친구는 천하무적이라고 할 만큼 든든한 조언자가 되어줄 것이다.

친구는 한창 일할 시기를 함께 하는 든든한 아군이다. 또한 정년 퇴직 후의 나이에도 결코 변하지 않는 우정은 그 무엇과도 바꿀 수 없는 의지가 된다. 친구가 있는 노인은 정서적으로 안정이 되어 쉽게 병이 나지도 않는다고 한다. 야마구치 히토미의 말을 하나의 목표로 삼고 친구 만들기에 도전해 보라.

평생 변하지 않는 우정을 서로 주고받으며 여유 있고 의미 있는 인생을 살 수 있다면 그것이야말로 가장 행복한 삶이 아닐까?

〈관련명언〉

"우정은 인간의 감정 속에서 가장 세련되고 아름답고 순수한 것 중의 하나라고 생각한다. 우정을 주고받을 수 있는 친구가 있다는 것은 그 사람의 인생에 상당한 플러스가 된다."

_혼다 소이치로

"우정은 동등한 인간과 인간 사이에 이해를 떠난 거래다."

_골드스미스(Goldsmith, Oliver. 영국 시인 · 작가)

"그 사람에 대해 알고 싶다면 그 친구를 보라."

_《사기(史記)》

❧ 여가

여가는 뭔가 유익한 일에 쓰이는 시간이다.

_프랭클린

많은 사람들이 제대로 여가를 활용할 줄 모른다. 우선 일에서 완벽하게 벗어나는 것이 쉽지 않다. 마음 한구석에 직장이나 일이 신경 쓰여서 노는 것에 죄의식을 느낀다.

또한 자신이 좋아하는 유익한 일을 자유롭게 하는 것에 서툴다. 하지만 독특하고 창조적인 시간을 이용하여 자기실현에 노력하고, 일에 지친 몸과 마음을 자신이 좋아하는 것을 하며 재충전해야 한다. 이처럼 재충전의 시간을 가져야만 직장에 돌아왔을 때 다시금 정열적으로 일에 매진할 수 있다.

〈관련명언〉

"스스로 영혼의 자산을 개선할 시간을 가질 수 있는 사람은 진정한 여가를 즐길 수 있다."

_소로(Thoreau, Henry David. 미국의 사상가 · 시인)

"지적으로 여가를 즐기는 것은 문명지상의 산물이다."

_러셀(Russell, Bertrand Arthur William. 영국의 철학자)

🌸 취미 · 오락

오락은 꽃, 일은 뿌리다.

_에머슨(Emerson, Ralph Waldo. 미국의 사상가 · 시인)

일에 전력투구한 후에는 취미나 오락으로 심신을 달랜다. 취미·오락이라고 해서 가볍게 생각하고 대충한다면 일을 할 때도 대충하는 자세가 나타나기 마련이다. 어떠한 일에 몰두하지 못하면 그 일이 뿌리를 내리지 못하는 것처럼 진심으로 즐길 수 없는 취미·오락은 꽃을 피울 수 없다.

과감하게 즐길 수 있는 취미·오락이라면, 꽃과 같은 아름다움과 여유로 일에 지친 심신을 달래준다. 또한 취미와 오락은 마음에 위안을 주고 기분을 맑게 해주어 신선한 발상을 할 수 있도록 도와준다.

〈관련명언〉

"사람의 진정한 성격은 그 사람의 취미로 알 수 있다."

_레이놀즈(Reynolds, Joshua. 영국의 화가)

"젊은이는 열정에 따라 취미를 바꾸고, 노인은 습관에 따라 취미를 가진다."

_라 로슈푸코

🌸 술·음주

회사에서 차를 마시고 이야기하는 것뿐이라면 서로 상대를 이해하기까지 1년이 걸린다. 그러나 함께 술을 마시면 한 달 안에 서로를 이해할 수 있다.

_나가노 시게오

술에 대한 사람들의 생각은 동서고금을 막론하고 이성을 잃게 한다고 공격하는 측과, 만병통치약이라고 옹호하는 측으로 나뉜다.

"술은 저주받은 거야. 술은 악마야."

"좋은 술은 적당히 마시면 훌륭한 수호신이야. 술에 대한 악담은 그만해."

−예로부터 전해내려 오는 셰익스피어의 《오셀로》에 나오는 대사다.

일 관계나 사적인 모임에 술자리는 빠질 수 없다. 체질적으로 술을 못 마시는 사람과 건강상의 이유로 금주하고 있는 사람조차도, 자신은 술 대신 다른 것을 마시면서라도 술자리에는 동석하는 경우가 많다. 그만큼 술과 술자리의 분위기는 사람과 사람의 관계를 원만하게 해준다. 인간관계를 따뜻하게 해주고 서로 가깝게 하는 힘을 갖고 있다.

와카야마 보쿠스이(若山牧水. 메이지40년대의 작가)의 유명한 시, '백옥 같은 치아에 물든 가을밤의 술은 조용히 마셔야 한다.'에도 나오듯이 혼자서 조용히 음미하며 마시는 것도 좋다. 하지만 원래 술은 혼자 즐기는 것이 아니다. 어떤 제사, 행사에서 사람이

모이면 술자리를 만들어서 서로 잔을 돌려가며 마시면서 원만한 인간관계를 만들기 위한 것이었다. 그래서 서로 둘러앉아서 동료끼리 술을 나누어 마셨다.

오늘날도 이와 같은 술자리는 같은 직장이나 동료끼리의 친분을 두텁게 하고, 인간관계를 부드럽게 하기 위해 자주 마련된다. 그 효과는 나가노 시게오의 말과 같다.

술자리를 즐겁고 유익한 시간으로 하기 위해서도 술은 역시 각자 적당량을 지켜야 한다. 그러면 이성을 잃는 일도 없고 동료끼리 서로 화합하며 스트레스도 해소할 수 있다. 숙취로 고생할 일은 더더구나 없다.

적당히 마실 줄 알 때 술의 효과도 높아진다.

〈관련명언〉

"한 잔은 사람이 술을 마시고, 두 잔은 술이 술을 마시고, 세 잔은 술이 사람을 마신다."

_센 리큐(千 利休. 승려 · 도요토미 히데요시의 차 스승이고, 일본 와비차 다도를 완성)

"술신은 해신보다도 훨씬 많은 인간을 익사시켰다."

_ガルバルディ 갈발디(이탈리아 통일의 공로자)

❦ 운동 · 스포츠

적당한 운동은 몸을 건강하게 한다.

_아리스토텔레스

운동은 너무 지나쳐도 안 되지만 부족해도 안 된다. 음식물이 적당량을 넘거나 부족하면 건강에 좋지 않은 것과 같은 이치다.

운동이나 스포츠는 일을 할 때 두뇌와 신체의 움직임을 좋게 하고, 수행능력을 최대한으로 끌어 올려준다. 운동은 사고와 행동의 활력소라고 할 수 있다. 다만 아리스토텔레스의 말처럼 너무 지나치거나 부족하면 안 된다. 무엇이든지 자신에게 적당해야 한다.

〈관련명언〉

"스포츠가 주는 세 가지 보물은 연습과 페어플레이 정신, 그리고 친구다."

_고이즈미 신조(小泉信三. 교육가 · 경제학자)

"신체 건강에는 체조가 필요하듯이 정신 건강에는 예술이 필요하다."

_플라톤(Platon. 고대 그리스의 철학자, 형이상학의 수립자)

❧ 수면

수면은 장시간을 필요로 하지 않는다. 짧은 시간이라도 숙면을 취하면 된다.

_이시자카 다이조

　편안한 수면은 일에 필요한 에너지를 만들어 준다. 그 날의 스트레스를 잠자리에까지 갖고 가지 않고 푹 잠들 수 있는 비결 중의 하나가 이시자카 어록에 나타나 있다. 머리와 신체를 충분히 움직여서 좋은 컨디션을 유지하려면 다음 세 가지 사항을 알아두면 좋다.

　· 자정 전에 한 시간 자는 것은 그 이후의 두 시간 분과 맞먹는다.

　· 심야 한 시간에 사용되는 에너지는 낮 한 시간의 두 배에 상당한다.

　· 일어난 후의 20분은 잠자기 전의 두 시간보다 낫다.

〈관련명언〉

　"수면은 고민하는 사람에게 유일한 회생약이다."

　_トマス・ア・ケンピス 토머스 아 켄피스(네덜란드의 사상가·성직자)

　"쾌적한 수면이야말로 자연이 인간에게 준 자상한 간호사다."

　_셰익스피어

❦ 금전

**돈이 소중한 것은 그것을 올바르게 얻어 올바르게 사용하는 것
이 어렵기 때문이다.**

_카네기

금전에서 생기는 효용과 가치는 이루 말할 수가 없다. 그만큼
금전에 대한 생각과 태도는 극단적으로 기울어지기 쉽다. 하나
는 과도하게 무게를 두고 집착하는 경우이고, 또 하나는 반대로
필요이상으로 경멸하고 경시하는 경우다. 하지만 어느 쪽도 양
식 있는 사고와 태도라고는 말하기 힘들다. 금전은 목적이 아니
라 수단이다. 수단으로써 올바르게 다루어야 한다. 그만큼 금전
에 대한 생각과 태도에 그 사람의 인간성과 철학이 잘 나타난다.

카네기가 말한 것처럼 금전을 올바르게 벌어서 얼마나 소중하
게 사용하느냐에 따라 비즈니스와 인생의 명암이 갈린다.

비즈니스는 사업에서 돈을 벌고 그 돈으로 다시 새로운 사업
을 시작할 때, 자금과 사업을 확장해서 키워나갈 수 있다면 성공
이라고 할 수 있다. 생활은 올바르게 얻은 수입을 계획에 맞게
지출하는 것이 중요하다. 수입의 범위 내에서 목적에 맞게 제대
로 사용해야 한다. 어쨌든 푼돈은 불필요하게 낭비하기 쉽다. 작
은 금액을 우습게보지 않는 것이 '돈 새는 구멍' 을 막을 수 있는

방법이다. 푼돈 사용에도 주의를 기울이면 자연스럽게 저축이 늘어난다. 비즈니스나 인생도 금전의 효용과 가치를 잘 구분하여 그 힘을 현명하게 사용할 때 그 희망이 이루어진다. 카네기는 세계최대의 제강회사 US스틸을 몰간 재벌에게 팔고 거액의 사재를 카네기홀을 비롯한 사회문화사업에 투자하며 여생을 즐겼다. 그의 이러한 행동은 그의 말을 떠올려볼 때 더욱 의미 있게 느껴진다.

〈관련명언〉

"악의 근원을 이루는 것은 돈이 아니라 돈에 대한 사랑이다."

_스마일스(Smiles, Samuel. 영국의 저술가 · 의사)

"스스로 땀을 흘려서 얻은 돈이 아니라면 가져서는 안 된다."

_마쓰시타 고노스케

"돈이 없기 때문에 아무것도 할 수 없다는 사람은 돈이 있어도 아무것도 하지 못한다."

_고바야시 이치조

🌸 여행

여행은 출장과는 다르다. 여행에는 기풍과 개성, 독창성이 있다.

_스타인벡(Steinbeck, John Ernst. 미국의 작가)

미지의 자연과 사물, 사람을 찾아서 떠나는 여행. 그 여행에서의 발견과 만남, 사색, 그리고 창조야말로 여행의 낭만이자 귀중한 수확이다.

흥미를 끄는 것은 여행지에서 만나는 대상만이 아니다. 자기 자신 역시 흥미 대상이다. 자연이나 사물, 사람들과의 새로운 인연을 통해 그때까지 깨닫지 못했던 자신을 만날 수 있다. 자연스럽게 생각이 깊어지며, 생각지도 못한 귀중한 것을 발견하고, 더불어 창조적인 정신도 얻을 수 있다.

이처럼 안과 밖의 이중적인 발견을 할 수 있는 여행은 출장과는 다르다. 여행의 감동과 수확에도 자신의 기풍과 개성, 그리고 독창성이 나타난다.

〈관련명언〉

"방랑하는 여행과 변화를 사랑하는 것은, 삶을 연소시키는 사람의 행동이다."

_바그너(Wagner, Wilhelm Richard. 독일의 낭만파 작곡가)

"여행은 다양한 지식과 사물 외에 관용과 이웃에 대한 사랑도 가르쳐 준다."

_디즈레일리(Disraeli, Benjamin. 영국의 정치가)

✤ 연령

젊음은 나이만으로 판단하는 것이 아니라 가슴에 열정이 얼마나 있느냐로 결정된다.

_가시야마 준조(堅山純三. 가시야마창업자)

성공한 사람들의 흔적을 더듬어 보면 그들이 나이에 상관없이 얼마나 많은 열정을 불태우며 도전을 계속했는지 알 수 있다.

열정을 가지고 끝없이 도전하는 자세로 인생을 산다면, 늘 젊게 살 수 있다. 그 나이에 어울리는 젊음과 지혜를 배우면서 새로운 도전을 계속함으로써 가치 있게 나이를 먹을 수 있다.

〈관련명언〉

"스무 살에 필요한 것은 의지이며, 서른 살에는 기지, 마흔 살에는 판단이다."

_프랭클린

"뜻을 세우는 데 너무 늦었다고 생각될 때가 가장 빠른 때다."

_볼드윈(Baldwin. 영국군인)

🌺 정년·퇴직

근로자는 정년퇴직할 때가 오면 멍해진다. 그러나 분명히 그 날이 올 것이라는 사실을 알고 있었고, 마음의 준비도 하고 있었다.

_보부아르(Simone de Beauvoir. 프랑스의 여류작가)

아무리 정년퇴직에 대해 마음의 준비를 하고 있어도 역시 현실이 되면 '정년 충격', '퇴직노이로제'에서 벗어나기는 힘들다. 퇴직을 중심으로 한 목표와 목적, 지위와 역할, 사람과 사람의 네트워크를 한순간에 잃어버리는 정년퇴직을 무사하게 넘기기 위해서는, 준비와 함께 왕성한 자립심과 융통성 있는 적응력을 계발해야 한다.

그렇게 할 수 있다면 제2의 인생은 자신의 진정한 모습에 눈을 뜨고 성숙하고 뜻 깊은 인생이 될 것이다.

〈관련명언〉

"내 퇴직 후의 여생에 3을 곱할 수 있다. 만약에 10년이라면 그 가치는 퇴직 전의 30년과 같다."

_램(Lamb, Charles. 영국의 수필가·시인)

"퇴직.이라는 말은 언어 중에서 가장 불쾌한 말이다."

_헤밍웨이(Hemingway, Ernest Miller. 미국의 소설가)

chapter 08

••• 운명을 개척한다

[인생] 인생은 순서대로 한 걸음씩 전진하라.—야스다 젠지로
[자기(自己)] 인간은 자신이 되고 싶은 것이 되어야 한다.—マズロ? 마즈로
[가치] 인간의 가치판단은 행복을 원하는 마음과 일직선상에 있다.—프로이트
[운명] 지금까지의 나를 돌아보면 90퍼센트가 운명이었다.—마쓰시타 고노스케
[시간] 시간이야말로 가장 독특하고, 가장 가난한 자원이다.—드러커
[사실] 인생의 건설(建設)은 신념보다도 훨씬 더 사실에 지배받고 있다.—벤저민
[진실] 진실은 사람이 가지고 있는 최고의 것이다. —처서
[고독] 고독한 자는 가장 강하다. —고지마 게이타
[불행] 불행을 치유하는 약, 그것은 희망 이외에는 없다.—셰익스피어
[행복] 행복은 내 마음 속에 있다.—무토 산지
[인간] 인간은 만물의 영장이다—마쓰시타 고노스케
[미래] 미래의 관념이 미래 그 자체보다도 풍요롭다.—베르그송

08

 인생

인생은 순서대로 한 걸음씩 전진하라.

_야스다 젠지로(安田善次郎. 야스다재벌 창시자)

이 말처럼 우리는 어제보다 오늘, 오늘보다도 내일, 한 걸음씩
순서대로 잘 살 수 있기를 바라며 전진하고 있다. 이러한 걸음이
겹겹이 쌓여 합해진 것이 바로 자신의 인생이다.

그 누구의 인생도 결코 미리 정해져 있지 않다. 자신의 소원,

생각, 판단, 결심, 행동에 따라 한 걸음씩 순서대로 자신의 인생을 개척해 가는 것이다. 자기의 개성과 지성, 의지력으로 인생을 창조해가야만 한다. 그 행로는 결코 평탄하지 않다. 순탄함과 역경(逆境), 영광과 비참함이 교차하기도 한다. 순탄함과 역경만 있는 인생이 없는 것처럼 마찬가지로 역경과 비참함뿐인 인생도 없다. 순탄함과 영광의 순간에 길들여져서 그것에만 기대거나, 반대로 역경과 비참한 순간에 좌절하여 살아갈 의욕을 잃는 일도 없어야 한다. "난 이렇게 하고 싶다", "난 이렇게 되고 싶다"라는 자신의 목적을 향해 하루하루 꾸준히 전진해 나간다. 자기실현, 자기창조의 행보가 각자의 개성적인 인생을 형성해 가는 것이다. 그 과정은 파란만장하여 그 변화에서 벗어나기 힘들다. 그러나 바로 그것이 삶의 실상(實相)이다.

중요한 것은, 그런 하루하루를 자신이 염원하는 목표를 향해서 후회 없이 살아가는 일이다. 어제에서 오늘, 그리고 내일을 향해 지나치게 서두르지 말고, 꾸준하게 전진한다. 그런 분명한 느낌이 삶의 보람과 충실감을 낳고, 앞으로 나아갈 수 있는 에너지가 되어서, 자신과 인생을 성장하게 해주고, 꽃을 피우는 원천이 될 것이다.

〈관련명언〉

"인생은 스스로 연출과 연기를 하는 살아있는 연극과도 같다.

실력과 방식에 따라 얼마든지 좋은 연극이 될 수 있다."

_마쓰시타 고노스케

"인생은 한 권의 책과 같다. 어리석은 이는 그것을 마구 넘겨버리지만, 현명한 이는 열심히 읽는다. 인생이라는 책은 단 한 번밖에 읽지 못한다는 것을 잘 알고 있기 때문이다."

_파울(Paul, Hermann. 독일의 작가)

"짧은 인생도, 보다 나은 생활로 만들기에는 충분히 길다."

_키케로

"인생의 행로는 즐겁다. 살아가는 데 충분히 가치가 있다. 그러나 그것은 단 한 번뿐이다."

_처칠

🌸 자기(自己)

인간은 자신이 되고 싶은 것이 되어야 한다. 이런 욕구를 자기실현의 욕구라고 부른다.

_マズロー 마즈로(미국의 심리학자)

미국의 심리학자인 마즈로는 '욕구 5단계 설'로 잘 알려져 있다. 그 설에 따르면, 인간의 욕구는 식욕과 성욕 등의 '생리적 욕구'→신체와 마음의 안전과 안정을 요구하는 '안전(安全)의 욕구'→집단의 일원으로서 인정받고 싶고 동료와 사이좋게 지내고 싶은 '소속과 사랑의 욕구'→자신을 인정받고 싶어 하는 '승인(承認)의 욕구'→자신의 능력과 재능을 발휘하고, 가치 있는 일을 하고 싶은 '자기실현의 욕구'로 이어진다. 외부에서 얻을 수 있는 낮은 차원의 욕구에서 순차적으로, 내부의 결핍을 채우는 높은 차원을 향해 인간으로서 진보해 간다는 것이다.

앞에서 한 말은, 인간은 각자 마음속에 품고 있는 가장 인간다운 소망을 성취하고, 스스로 최선을 다해 열심히 사는 것이 중요하다고 설명하고 있다. 마즈로는 이런 식으로 인간이 각자 잠재적으로 갖고 있는 능력과 소망을 맘껏 발현시켰을 때, 궁극적으로 안정될 수 있다고 말했다.

이처럼 궁극적으로 가장 높은 차원의 '자기실현' 단계에 도달하기 위해서는, 먼저 자기(自己)를 올바르게 바라보고, 자신에 대해서 완벽하게 알아야 한다. 그것은 꽤 어려운 일이기는 하지만 스스로 생각하고 남에게도 물어 보면서, 이른바 자신의 타고난 속성을 파악해 가는 것이다. 바쁘다는 핑계로 자기를 잃어버리지 말고 최대한 활용해보자. 그렇게 함으로써 어제의 자신에서 오늘의 자신, 그리고 내일의 자신으로, 하루하루 자기실현의 욕구를 높이 채워나갈 수 있다.

이렇게 자기를 완벽하게 활용함으로써, 우리는 일과 인생에서도 기쁨과 자신감을 가질 수 있게 되고, 궁극적으로 성공을 실현할 수 있게 되는 것이 아닐까?

〈관련명언〉

"자기(自己)는 어디까지나 충분히 성장시킬 수 있다. 우리의 가능성은 무한하다."

_ 웰스(Wells, Herbert George. 영국의 작가)

"눈을 감아라. 그렇게 하면 자기 자신이 보일 것이다."

_ 버틀러(Butler, Samuel. 영국의 작가)

"당신의 길을 나아가라. 타인이 뭐라고 말을 하든 신경 쓰지 마라."

_ 단테(Dante, Alighieri. 이탈리아의 시인)

"자신을 깊이 알수록 사람은 생생하게 빛난다."

_ 하이데거(Heidegger, Martin. 독일의 철학자)

❧ 가치

인간의 가치판단은 행복을 원하는 마음과 일직선상에 있다. 그것은 환상을 토론으로 지탱하고자 하는 시도이다.

_ 프로이트(Freud, Sigmund. 오스트리아의 신경과 의사 · 정신분석의 창시자)

우리가 살아가는 데 있어서 중요한 것은 무엇이고 무엇을 만들어나갈 필요가 있는지, 살아가는 의미와 정서적 만족감을 갖게 하는 것은 무엇인지, 또한 생애를 걸쳐 달성하고 싶은 소망과 바람은 무엇인지 자신에게 의문을 던져보라. 이러한 의문을 던짐으로써 자신이 가치 있다고 여기는 것의 실태를 알게 된다.

프로이트는 "가치판단은 행복을 원하는 마음과 일직선상에 있다."라고 말했다. 행복해지기를 바라는 마음은 자신이 그렇게 되고 싶다고 꿈꾸는 '환상'이다. 그리고 가치판단은 '환상을 토론으로 지탱하고자 하는 시도'라고도 한다. 정확히 "이것이다"라고 정하거나 파악하기 어려운 가치판단에 대해서 날카로운 성찰이 추가로 필요하다.

우리가 가치를 두는 것은 하나가 아니다. 우리는 다양한 가치를 발견하고 있다. 그 가치들 중 어떤 것은 계층화되고, 또 어떤 것은 가치들 틈에서 더욱 갈등을 계속하다 보니 그 가치정도가 일정하지가 않다. 그것은 우리의 가치관이 되어서, 일상의 의식과 무의식 속에서 사물·사정을 받아들이는 방법과 평가하는 방법의 기준이 되고 잣대가 된다.

인생에서 성공의 기쁨은 더할 나위 없이 크다. 그것은 자신이 안고 있는 다양한 가치들 중에서 상위에 있는 것을 목표로 삼고 실현하는 것이기 때문이다. 사람에 따라서는 "이제는 죽어도 여한이 없다"라고 말할 정도로 대성공을 거두기도 한다. 이때, 그 사람은 자신 안에 있는 다양한 가치들 중에서 최고의 가치를 달성할 수 있었던 셈이다.

우리는 보다 큰 성공을 실현시키기 위해서라도, 자신이 어떤 사항에 가치를 발견하고, 어떻게 서로의 위치를 정하고 있는지를 하루라도 빨리 아는 것이 중요하다. 그것을 앎으로써, 목표를 설정하고 그 목표에 어울리는 일을 선택해서 살아갈 수 있기 때문이다.

〈관련 명언〉

"우리의 손에 있는 것은 정당하게 평가를 하지 않지만, 한번 그것을 잃으면 가치를 매기고 싶어지는 것이 사람의 마음이다."

_셰익스피어

"이 세상에 있는 그 어떤 좋은 것도 우리가 그것을 사용할 수 있는 범위에서만 가치가 있다."

_디포(Defoe, Daniel. 영국의 작가 · 저널리스트)

"한 시간의 낭비를 대수롭지 않게 여기는 사람은, 인생의 가치를 아직 발견하지 못한 사람이다."

_다윈(Darwin, Charles Robert. 영국의 생물학자)

❧ 운명

오늘날의 나를 생각하면 90퍼센트가 운명이었다. 10퍼센트의 노력에 따라서, 90퍼센트의 운명이 다르게 나타났다.

_마쓰시타 고노스케

이 마쓰시타 어록은 다음 문장으로 이어진다.

"살아가는 방식에 따라서, 자신에게 주어진 운명을 더욱 살리고, 활용할 수 있다."

마쓰시타 고노스케는 아홉 살이라는 어린 나이에 와카야마(和歌山)에서 홀로 오사카 선창의 상가에 봉공(奉公)으로 들어갔다. 그리고 열다섯 살에 오사카전등에 배선공으로 취직, 스물세 살에 마쓰시타전기를 창업해서 크게 키웠다. 그렇게 파란만장한 자신의 체험을 통해서 인간은 90퍼센트가 운명이라고 느끼고, 자신의 행운에 감사하면서도 나머지 10퍼센트는 자신이 노력하는 방식에 있다고 생각했다. 그리고 일이 잘 풀렸을 때는 운이 좋았다고 생각하고, 반대로 뜻대로 일이 풀리지 않았을 때는 그 원인을 자신의 탓으로 돌리면서 엄격하게 반성을 하며 자기연마를 계속했다.

이렇게 운명에 대한 사고방식을 함으로써 자신의 운명을 받아들이고, 의지와 지력으로 그 운명을 최대한 좋은 방향으로 활용해 가는 패기와 지혜를 얻을 수 있다. 또한, 자신의 사명감에 눈을 뜨고, 그것을 실현시켜 인생을 힘차게 살아가는 삶의 방식도 확립된다.

운명을 전혀 인정하지 않고 사는 것이 주체성을 갖고 사는 길처럼 생각되기 쉽지만 과연 그럴까? 운명을 겸허하게 받아들이고, 자신의 사명과 목적을 발견하여 그것을 이루기 위한 방도를 개척해나가는 가운데 주체성은 더욱 살아나는 것이 아닐까?

저마다 자신의 삶에 뜻을 세우고, 운명에 지지 않으려면 어떻게 하는 것이 좋은지, 부디 다시 한번 생각해 보자. 그렇게 하다 보면 뜻하지 않았던 인생에 새로운 전망이 열릴 지도 모른다.

〈관련명언〉

"운명은 우리를 행복하게도 불행하게도 하지 않는다. 단, 재료와 씨앗을 제공할 뿐이다."

_몽테뉴

"많은 사람들이 운명에 과도한 요구를 함으로써, 불만의 씨앗을 만들고 있다."

_훔볼트(Humboldt, Karl Wilhelm von. 독일의 정치가 · 문필가)

"운명은 우연보다도 필연이다. '운명은 성격 속에 있다' 라는 말은 결코 그냥 생겨난 말이 아니다."

_아쿠다가와 류노스케(芥川龍之介. 작가)

❦ 시간

시간이야말로 가장 독특하고, 가장 가난한 자원이다. 이것을
효과적으로 관리하지 않으면, 그 어떤 것도 관리할 수 없다.
_ 드러커

인생이란 시간 속에서 살아가는 일이라고 말할 수 있다. 우리
는 하루하루, 공적인 시간과 사적인 시간, 이 두 개의 흐름 속에
서 살면서, 인생의 과정을 거치고 그 완결로 향하고 있다. 시간
은 틀림없는 생명 그 자체다.

공적인 장소나 사적인 장소에서 사용하는 시간 모두 귀중하므
로 소중하게 사용해야 한다. 그러기 위해서는 '시간의식'에 눈
을 뜨고, 자신에게 고유한 직업, 직종, 지위, 역할, 가치관, 생활
방식에 맞는 '시간관리'의 기법을 창의적으로 생각해 내고 계속
해서 실천해야 한다.

시간관리를 하는 데 있어서 중요한 것은 '우선'과 '중점'에 주
의하는 일이다. 그 날에 무엇을 최우선으로 하고 무엇에 중점을
두며, 어떻게 시간을 분할해서 집중적으로 움직일 것인지, 적절
하게 판단할 수 있도록 신경 써야 한다. 그렇게 함으로써, 공적
인 시간을 일에 공헌하게 되고, 사적인 시간을 자신에게 공헌할
수 있게 되는 것이다.

시간은 생명 그 자체임과 동시에 자원이기도 하다. 더구나 이 시간이라는 자원은, 드러커의 말처럼 가장 가난한 자원이다. 스스로 판단한 우선순위에 따라서 중점적으로 몰입하여, 최대의 효과와 효율이 높은 활용방식을 취해야 한다.

그리고 24시간 중에 자투리시간을 최대한 활용하라. 5분, 10분, 20분이라는 자투리 시간은 멍하니 보내다 보면 금방 사라져 버린다. 그렇게 되지 않도록, 미리 자투리 시간이 생겼을 때는 무엇을 하면 좋을 지 수첩에다 목록을 적어 놓고 곧바로 시도하면 좋다.

이렇게 해서 날마다 시간을 능숙하게 관리해 가는 습관을 키움으로써, 충실한 인생을 보낼 수 있다.

〈관련명언〉

"일은 의외로 둔하고, 시간은 의외로 빠르다."

_도쿠토미 소호(德富蘇峰. 평론가)

"짧은 인생은, 시간의 낭비로 인해 더욱 짧아진다."

_존슨(Johnson, Samuel. 영국의 문학자)

"당신이 쓸데없이 사용한 것은 지나간 시간뿐이다. 내일의 시간은 아직 사용하지 않았다. 시간은 당신을 위해서 남겨둔 것이다."

_ベトガー 베트거

❧ 사실

인생의 건설(建設)은 신념보다도 훨씬 더 사실에 지배받고 있다.

_벤저민(Benjamin. 독일의 문학자·철학자·비평가)

우리는 새로운 사실과의 만남을 소중히 해야 한다. 그리고 그 속에 담긴 의미와 가치를 읽어내고 그것을 일과 생활에 활용한다. 그렇게 함으로써 "난 이렇게 되고 싶다", "그렇게 하고 싶다"고 자신이 바라는 이상적인 인생을 건설해 갈 수가 있다. 사실에 바탕을 둔 확실한 번영과 행복을 만들어갈 수 있는 것이다.

독일의 비평가 벤저민이 말한 것처럼, 우리의 인생은 사실에 크게 지배를 받고 있다. 인생은 유형과 무형의 다양한 사실이 각각의 원인과 이유로 연결되어, 다양한 흐름을 만들어내기 때문이다. 우리의 일생은 그러한 무수한 크고 작은 사실의 연결과 흐름을 합해 놓은 전체, 그 완결이라고 말해도 좋을 것이다.

신념은 사실을 만들어내는 강한 에너지를 가지고 있다고 하지만, 사실 그 자체만으로는 인생의 건설에 결정적으로 영향을 주지는 않는다. 사실이야말로 인생을 구성하고, 건설하는 데 필요한 소재인 것이다.

우리가 행복한 인생을 건설해 가기 위해서는, 사실이 갖는 의미와 가치를, '난 이렇게 되고 싶다', '그렇게 하고 싶다' 라고 희망하는 방향으로 읽어 나가고 활용하는 것이 중요하다. 한편, 자기가 먼저 바라고, 이상적이라고 생각하는 방향으로 사실을 만들어 가는 노력도 해야 된다.

환상으로 도피하기 쉬운 약한 마음과 싸우면서 사실에 바탕을 두고 생각하며 판단하고, 행동함으로써 사실로서의 번영과 행복이 찾아온다.

번영으로 연결될 수 있도록 사실의 의미와 가치를 읽어나가고, 행복으로 맺어질 수 있도록 사실을 만들어 가는 자세로 하루하루를 살아갈 수 있다면, 훌륭한 결과를 만날 수 있을 것이다.

〈관련 명언〉

"사실에서 배워라, 사실을 비교하라, 사실을 모아라."

_파블로프(Pavlov, Ivan Petrovich. 러시아의 생리학자)

"사실을 있는 그대로 솔직하게 이야기하는 일은, 미래에 절망하는 일도 과거를 고발하는 일도 아니다."

_케네디

"경제상의 곤궁은, 현실은 환상보다 위험이 적고, 사실발견은 결점을 발견하는 것보다 효과가 있다는 것을 남에게 가르칠 것이다."

_베커(Becker, Carl Heinrich. 독일의 동양학자 · 정치가)

❦ 진실

진실은 사람이 가지고 있는 최고의 것이다.

_초서(Chaucer, Geoffrey. 영국의 시인)

앞에서 사실이 갖는 의미와 가치를 자신의 번영과 행복으로 연결하도록 해석하는 일이 중요하다고 설명했다. 여기에 사실을 해석하는 데 있어서 중요한 것이 또 있다. 그것은 '사실' 안에 은밀히 숨어있는 '진실' 을 찾아내는 일이다.

진실이란 여러 개의 단편적인 사실이 어떤 사실의 전체로 수렴해 가면서 최고의 가치를 갖는 보편적인 사실이다. 하나의 사실의 전체상을 구성하는 각각의 사실에 대해서, 구심력을 갖는 가장 의미 있는 사실이라고 말해도 좋다.

하나의 사실을 관찰하고 탐구하면서 진실을 해석하기 위해서는 논리만으로는 불가능하다. 직감을 움직이고, 마음으로 느끼지 않으면 안 된다. 그만큼 진실을 알아낸 순간의 감명은 깊다. 그 진실은 전체 사실의 중심에서 다이아몬드처럼 다면적으로 빛난다. 또한 모든 단편적인 사실의 연결을 한꺼번에 이해시키고, 마음을 깊이 움직이게 한다. 그 중 하나가 바로 소설이다. 사실의 단편을 기본으로 해서 허구의 이야기로 완성시키며 진실을 추구한다.

초서는 진실은 사람이 가진 최고의 것이라고 했다. 정말로 진실은 최고의 의미와 가치가 있으며, 우리에게 살아가는 의미에 대해 질문을 던지고 있다.

만약 일상적으로 만나고 발견하는 사실에서, 번영과 행복으로 연결되는 요소를 해석해 감과 동시에 그 안에 잠재하는 진실을 찾아내는 일이 가능하다면, 살아가는 의미와 가치를 지금보다 깊이 알 수 있으며, 사는 보람 역시 더욱 커질 것이다.

우리가 진실에 눈을 돌릴 때, 성공의 사고방식과 달성하는 방법, 그것을 만끽하는 방법 역시 바람직한 것으로 변화할 것이다.

〈관련명언〉

"인생의 진실은, 미미하지만 두렵고, 매력적이면서 괴기하다. 그리고 달콤하면서도 쓰다. 이것이 진실의 전부다."

_프랑스

"인생에는 진실과 소박함이 가장 좋은 처세술이 되기도 한다."

_라 브뤼예르

"괴로움을 경험한 자만이 진실의 기쁨을 맛볼 수 있다."

_이노우에 데이지로(井上貞次郎. 렝고창업자)

"진실만큼 아름다운 것은 없다. 진실만이 사람에게 사랑받는다."

_부알로(Boileau. 프랑스의 시인 · 비평가)

❧ 고독

고독한 자는 가장 강하다.

_고지마 게이타(五島慶太)

우리가 진정으로 소중한 개인으로서 자기(自己)에 눈을 뜨고, 자기의 개성과 재능을 소중히 여기며 그것을 활용하는 길을 걸으려고 할 때, 필연적으로 고독에 매진하지 않을 수가 없다. 이때, 고독에 불안을 품고, 그 고독에서 벗어나기 위해 타인과 친해지고 타협하고, 영합하는 약한 인간이 되느냐, 아니면 고독을 받아들이고 자기의 삶의 방식을 관철하는 강한 인간이 되느냐 그 기로에 서게 된다. 고독에 도전하고, 소중한 자기를 활용하는 삶의 방식을 책임을 갖고 선택하는 자에게는, 그런 똑같은 삶의 방식을 관철하는 사람들의, 고독을 뛰어넘는 연대의 길이 열리게 된다.

〈관련명언〉

"최상의 사고는 고독 속에 있고, 최저의 사고는 소음 속에 있다."

_에디슨

"나는 고독할 때, 가장 고독하지 않다."

_키케로

❀ 불행

불행을 치유하는 약, 그것은 희망 이외에는 없다.

_셰익스피어

세상에는 사람의 수만큼 불행이 있다. 불행을 피할 수 있는 인간은 현실에는 존재하지 않는다. 각자 어떤 고뇌와 비애, 공허함을 느끼며 살아간다. 불행의 모습을 결정하는 것은, 그 사람의 마음이다. 그 마음가짐에 따라서 다양한 불행의 이미지가 완성되고, 저마다 고유한 심각함을 갖게 된다.

불행에 대한 의식은 지나치게 한쪽으로 기울기 쉽다. 불행은 의식할수록 점점 더 깊어져 간다. 불행에 대한 자의식이 너무 지나치면, 결국 행복에서 자신을 멀리 하고, 절망에 더욱 가까이 다가갈 뿐이다.

〈관련 명언〉

"불행은 대부분의 경우, 인생에 대한 잘못된 해석의 상징이다."

_몽테를랑(Montherlant, Henry-Marie-Joseph Millon de. 프랑스의 작가·극작가)

"인생에는 본질적인 불행과 게으름에 의한 불행, 이 두 종류가 있다."

_이시카와 다쓰조

♣ 행복

행복은 내 마음 속에 있다.

_무토 산지(武藤山治. 전 가네보방적회사 사장)

누구나 행복해지기를 원하며 일을 한다.

그러나 진정한 행복을 느끼는 방법은 사람마다 각기 다르다. 무엇을 행복이라고 생각하고, 무엇을 행복이라고 느끼는 지에 따라 각자의 삶의 방식과 일하는 방법을 결정하게 된다. 우리는 사는 보람, 일하는 보람이라는 말을 자주 입에 올리기도 하고, 주위에서도 자주 듣는다. 이 두 가지의 말에 우리가 희망하는 행복감이 집약되어 있다. 사는 보람과 일하는 보람을 마음으로 느낄 수 있을 때 우리는 행복하다고 할 수 있다.

이처럼 사는 보람이나 일하는 보람은 행동을 해야만 따라온다. 단순히 생각만 해서는 얻을 수 없으며, 실제로 자신이 행동함으로써 느낄 수 있다. 또한 사는 보람이나 일하는 보람은 자신에게 어울리는 행동을 했을 때 비로소 느낄 수 있는 극히 주관적이고 개성적인 것이다. 막연히 기다리고만 있으면 결코 찾아와 주지 않는다. 살면서, 일을 하면서 끊임없이 노력하고 추구하는 것이 중요하다.

우리는 살아가면서, 그리고 일을 계속 하면서 스스로 노력할 때 자신이 성장하는 충실감을 맛볼 수 있다. 또한 목표를 실현하는 기쁨도 느낄 수 있다. 행복감은 그러한 마음 상태에서 숨을 쉰다.

자신의 자유로운 의지로 획일적인 틀에 얽매이지 않는 인생, 개성적이고 여유 있는 인생, 후회하지 않고 스스로 이해할 수 있는 인생을 행동으로 창조해 나간다. 행복은 그러한 날들 속에서 마음으로 느끼는 것이다.

진정으로 행복을 느낄 수 있을 때 무토 산지의 말이 더욱 가슴에 와 닿을 것이다.

〈관련명언〉

"행복이란 자신에게 주어진 것에 감사하며 살아가는 것이다. 결코 지위나 명예, 재산에 있는 것이 아니다."

_마쓰시타 고노스케

"망각이 없으면 행복해질 수 없다."

_モーロワ 모로와(프랑스의 작가·문예평론가)

"불행을 참는 인간보다 행복을 참는 인간을 발견하는 것이 어렵다. 왜냐하면 행복은 대부분의 인간에게 불손함을 불어넣지만, 불행은 사려를 불어넣기 때문이다."

_クセノホン 구세노혼(고대 그리스의 군인·역사가·철학자)

❧ 인간

인간은 만물의 영장이다.
_마쓰시타 고노스케

미국의 잡지 〈라이프〉는, 1964년 마쓰시타 고노스케의 특집기사를 실었다. 그를 '최고의 실업가, 최고의 소득자, 최고의 사상가, 최대의 잡지 발행자, 최대의 베스트셀러 작가 중의 한 사람'이라고 소개했다.

확실히 마쓰시타 고노스케는 사색인이었다. 마쓰시타의 인생은 행동하고 나서 생각하고, 생각하고 나서 행동하기를 반복했다. 그것은 부모와 두 형, 다섯 명의 누나가 일찍 세상을 떠나 의지할 곳이 없어서, 모든 일을 스스로 해결해야 했기 때문인지도 모른다. 또한 마쓰시타는 태어날 때부터 몸이 약했다. 스무 살때 폐결핵을 앓으면서 사업을 제대로 돌 볼 수가 없었다. 어쩔수 없이 젊은 종업원에게 일을 맡길 수밖에 없었다. 그런데 일을 맡겨보니 의외로 젊은 종업원은 의욕을 가지고 맡은 바 책임을 다하고, 막대한 성과까지 거두었다. 그 상황을 지켜보면서 "인간은 엄청난 능력을 갖고 있구나.", "인간에 관해 좀 더 연구를 하고 싶다."라는 생각을 하게 되었다.

마쓰시타가 본격적으로 인간 연구를 시작한 것은 1946년,

PHP연구소를 창설하면서부터였다. 그리고 그가 도달한 인간관은 "인간은 만물의 영장"이며, 다른 동물과는 달리 인간에게는 번영과 발전을 꾀하는 능력, 평화와 행복을 초래할 수 있는 본질이 천지자연의 이치에 따라 주어졌다는 것이었다. 그래서 인간은 스스로 사명과 본질을 자각하고 인식하여, 그 책임을 다한다는 것이다.

이처럼 인간에 대한 통찰이, 마쓰시타 고노스케의 경영관을 확고하게 만들었고, 쇼와(昭和) 30년대(1955~1964년)의 마쓰시타 전기의 고도성장을 지탱했다고 할 수 있다.

물건을 만들거나 파는 것은 모두 인간이 하는 것이다. 그렇다면 인간을 깊이 알아야 하지 않을까?

〈관련명언〉

"불가사의 한 것은 많다. 그러나 인간만큼 불가사의한 것은 없다."

_ 소포크레스(Sophokls. 고대 그리스의 비극의 완성자)

"인간은, 지금은 그들이 사용하고 있는 도구의 도구가 되어 버렸다."

_ 소로

"인간은 불쌍한 존재가 아니라 존경할만한 존재다."

_ 고리키(Maksim Gor'kii. 러시아의 작가)

✤ 미래

미래의 관념이 미래 그 자체보다도 풍요롭다.

_베르그송(Bergson, Henri. 프랑스의 철학자)

위의 말은 다음 말에 계속 이어진다.

"소유보다도 희망에, 현실보다도 꿈에, 한층 많은 매력을 보게 되는 것은 그 때문이다."

미래를 기획하는 사람은 현재에 최선을 다해야 한다. 막연하게 미래에 기대하고 희망을 품고, 꿈을 꾸는 것만으로 현재를 무의미하게 보낸다면 미래는 아무것도 주지 않는다. 미래는 현재에 조건이 붙어있기 때문이다. 미래에 도전하는 사람은 현재에 도전을 개시해야 한다. 그 노력에 따라 미래는 커다란 성과를 가져다준다.

〈관련명언〉

"미래에 대한 기대를 마음속으로 잃지 않는 사람은 항상 생기가 넘친다."

_ 쓰르미 유스케(鶴見祐輔. 정치가 · 평론가)

"항상 장래에 대한 전망을 그려라. 그것이 장래에 대한 희망을 심어준다." _도코 토시오

주요 참고 문헌

《실천경영철학》마쓰시타 고노스케 저, PHP연구소

《경영의 비결이라고 깨달은 가치는 백만냥》마쓰시타 고노스케 저, PHP연구소

《성공의 법칙》에구치 가쓰히코, PHP연구소

《마쓰시타의 논어》마쓰시타 고노스케 저술, 에구치 가쓰히코 기록, PHP연구소

《마쓰시타 고노스케의 명언》PHP연구소 편, PHP연구소

《신·365일의 금전에 관한 교훈》실업지일본사 편, 실업지일본사

《신·365일의 처세술》실업지일본사 편, 실업지일본사

《신·365일의 실업에 관한 교훈》실업지일본사 편, 실업지일본사

《카네기 명언집》카네기편, 가미시마 야스시 번역, 소겐샤

《유훈무훈(有訓無訓)》닛케이비즈니스 편, 일본게이자이신문사

《성공의 에센스》가토 준이치 편, 비즈니스사

《이기기 위한 비즈니스 '전진훈(戰陣訓)'》스즈키 겐이치 감수, 고단샤

《숙년어록(熟年語錄)》마키노 다쿠시 저, 매니지먼트사

《운명을 열다》가타오카 요시나오 저, 미카사쇼보

《언전(言典)》쓰보다 간이치 편, 야마토출판

《세계인용구사전》가지야마 켄 저, 메이지서원

《조례훈화명언집》우지노 rps지 저, 쓰루쇼보

《마음의 양식이 되는 명언》세계명언보급협회 편. 닌겐노 가가쿠사

《나의 좌우명》좌우명 기획편집실, KK롱셀러

《의욕을 일으키는 유명한 사장의 한 마디》우에하라 마나부 편, 세키네 쇼이치 저, 일본경영지도센터

《비즈니스서양명언집》후지다 다다시 저, 나가오카서점

《The Great Business Quotations》Rolf B. White. Dell Publishing

《Speaker's Library of Business》Joe L. Griffith. Prentice Hall

《Peter's Quotations》Laurence J. Peter. Bantam Books

나를 일깨워 줄 거울

초판1쇄 인쇄 | 2014년 12월 18일
초판1쇄 발행 | 2014년 12월 19일

지은이 | 에쿠치 가쓰히코
옮긴이 | 김활란
펴낸이 | 박대용
펴낸곳 | 도서출판 부자나라

주소 | 413-834 경기도 파주시 교하읍 산남리 292-8
전화 | 031)957-3890,3891 팩스 031)957-3889
이메일 | zinggumdari@hanmail.net

출판등록 | 제 406-2104-000069호
등록일자 | 2014년 7월 23일